小說・秒速5公分

新海誠

5 Centimeters per Second
A chain of short stories about their distance

Makoto Shinkai

U0013457

目次

第一話　「櫻花抄」

1

「你看，好像下雪一樣呢！」明里這麼說道。

那是在十七年前，我們剛升上小學六年級時的事。兩人在放學途中，背著書包、走在林蔭小路上。時值春季，道路旁開滿了數也數不清的櫻花樹，漫天的櫻色花瓣無聲飄落，地上也被櫻花覆蓋染成一片淡淡的白色。暖和的天氣，天空彷彿被藍色的顏料渲染過一般澄澈。雖然旁邊就是幹線道路與小田急線，但喧囂聲卻完全傳不到我們這裡，四周只聽得見春天鳥兒那優美的鳴叫。這裡除了我們兩個之外便沒有其他人了。

那是宛如圖畫般的春之場景。

在我的記憶當中，關於那一天的回憶就好像一幅畫，或者說是像一部電影一樣。每當我回想起過去的事情，那種感覺就好像對畫面中那個時候的我們，仔細觀賞著——當時只有十一歲的少年，以及與少年身高相差無幾的十一歲少女。兩人的背影被充滿光線的世界完全包覆住。畫面中的兩人，永遠都是那樣的背影，而且少女總是先一步向前跑去。至今我依然無法忘記，在那瞬間少年心中湧現的寂寞，即便在已經長大成人的今天仍能感受到一絲悲寂。

那時候，明里站在漫天飄落的花瓣之中，說櫻花好像下雪一樣。但是我卻不那麼認為。對於那時候的我來說，櫻花就是櫻花，雪就是雪。

「你看，好像下雪一樣呢！」

「是嗎？或許是吧……」

「嗯……好吧。」明里淡淡地說道，然後迅速多跨兩步之後轉過身來。明里栗色的頭髮映照著陽光，然後說出了更令人迷惑的話語。

「貴樹，你知道秒速五公分嗎？」

「咦？那是什麼？」

「你覺得是什麼呢？」

「我不知道。」

「至少稍微想一下嘛，貴樹。」

可是即使她這麼說，我仍然想不出答案，於是只好坦白說不知道。

「是櫻花飄落的速度喲。秒速五公分。」

秒速五公分。真是不可思議的話語，我發自內心地感慨著。「嗯……明里知道的還滿多的嘛。」

呵呵，明里感覺很開心地笑了起來。

「還有很多呢。雨的速度是秒速五公尺，雲是秒速一公分。」

「雲？是說天上的雲嗎？」

「天上的雲。」

「雲也會掉下來嗎？雲不是在天上浮著的嗎？」

「雲也是會落下來的呀，不會一直浮著。雲是由很多小雨滴聚集而成，因為雲太大了而且又在很高很遠的空中，所以看起來好像是浮著一樣。雲滴在落下的過程中逐漸變大，最後成為雨或者雪降落到地面上。」

「……嗯？」我不由得感慨地望向天空，然後就看到了滿天的櫻花。看似平凡的事物由明里那可愛的少女聲音說出來之後，對我來說竟然變成了宇宙的真理。秒速五公分。

「……嗯？」明里重複了一次我的話，然後繼續跑向前方。

「啊，等等我，明里！」我慌忙從後面追了上去。

＊　＊　＊

那個時候，我和明里會在放學途中彼此交換從書中或者電視當中得到的、以當時的我們看來是非常重要的知識——例如說花瓣飄落的速度、宇宙的年齡，還有銀的熔點等等——並且漸漸也成為了一種習慣。我們兩個就像準備冬眠的松鼠在拚命收集食物一樣，或者說像準備遠航的旅行者牢記星座的位置一樣，努力蒐集著散落在世界上各式各樣的知識。當時我們很認真地把這些知識當作未來人生中所必需的東西，很努力地記著。

是的，那個時候的我和明里，真的知道很多很多的事情。不但知道每個季節星座的位置，還知道木星從哪個位置哪個時間才能夠看到。天空為什麼是藍色的，地球為什麼有季節的變換，尼安德塔人滅絕的時期，甚至寒武紀中消失的物種名我們都知道。我們憧憬一切和自己相隔遙遠的東西。雖然那些東西對於現在的我來說大部分都已經記不起來了。但是我依然記得，當年的自己確實清楚知道這些事情。

2

和明里從相遇到離別——小學四年級到六年級共經過了三年，在這段時間裡，我和她是非常相似的同伴。我們都因為父親工作的關係而轉學，先後轉到東京的學校就讀。三年級的時候我從長野轉學到東京，四年級的時候明里從靜岡轉學到我們班上。還記得明里剛到班上的第一天，她站在黑板前面，因為緊張而表情有些僵硬的模樣，直到今天依然清晰地浮現在我腦海中。身著淡粉色連衣裙的少女、雙手交叉在身前，從教室窗戶透進來的春光將她的身體從肩部以下籠罩起來，肩膀上半部則被隱藏在影子之中。少女的臉頰因為緊張而顯得有些微紅，嘴唇也緊閉著，大大的雙眸直盯著前方看。一年前的自己一定也和眼前這名少女一樣吧。這麼想著，不由得對她產生了一些親切的感覺。因此，我不由自主地主動和她攀談，沒多久我們便成為了朋友。

在世田谷長大的同班同學們顯得太過成熟；被車站前的人潮擠得呼吸困難；自來水的味道很怪喝起來好難喝——像這些原本只有自己才在意的事情，現在有明里一起分擔。因為我們兩個人個子比較矮小同時又體弱多病，所以比起在操場上運動，我們更喜歡在圖書館裡消磨時光，上體育課對我們來說是最痛苦的一件事。對於我和明里來說，與其跟很多人一起在操場玩，倒不如兩個人靜靜地聊天或者自己安靜地看書更加舒服。我們家當時住在父親工作的銀行提供的員工宿舍，明里她們家也在她父親公司提供的宿舍，於是我們兩個人放學時回家的路基本上是一樣的。所以我們很自然地走在一起，休息時間和放學之後，通常也都是我們一起度過的。

於是理所當然的，我們兩個就變成班上同學捉弄的對象。雖然現在回想起來，那時候同學們的行為只不過是天真的孩子氣表現，但對於當時的我來說，還沒辦法妥善應對這種事情，所以一時之間不知道該如何是好。於是我和明里之間，變得更加依靠彼此。

有一天發生了這樣的事——午休時間，從廁所回教室的我忽然發現明里一個人佇立在黑板前面。黑板上（現在想來實在是非常常見的惡作劇）畫著姻緣傘，在傘下面寫著我和明里的名字，同學們對著明里竊竊私語。明里大概是為了停止他們的惡作劇，想走到黑板前面去擦掉那上面的字，但是走到一半卻因為害羞而停下了腳步吧。看到眼前發生的事，我不發一語地走進教室，擦掉黑板上的字，然後自己也不知道為什麼拉著明里的手就往外跑。雖然背後傳來教室裡面同學們起鬨的聲音，但是我們卻沒有停下腳步，依然繼續跑著。至今我仍無法相信自己當初會做出這麼大膽的舉動，明里的手是那麼柔軟，讓我感覺到一陣眩暈，我第一次感覺到世界上再沒有什麼值得恐懼的事物。不管今後的人生如何——我都已經決定，就算轉學也好、考試也好、陌生的地方陌生的人也好——只要有明里在身邊，我就可以忍受任何事情。雖然對於那時還很小的我來說，把這種感情稱為戀愛也許有些誇張，但是我能夠明確感覺到自己喜歡明里的心情，而且可以感覺到明里也對我懷有同樣的感情。從我們緊握的手、一起往外跑的腳步中，我更加深信不疑。只要我們兩個人在一起，沒有什麼克服不了的難關。

而且這種感覺，在與明里相處的三年間不但沒有減退，反而變得越來越堅定。我們說好要一起報考離家有些距離的一所私立中學，在互相勉勵的學習之中，我們相處的時間也越來越多。也許我們兩個都是心智比較早熟的孩子，一邊營造著只屬於我們兩人的內心世界，一邊也為即將到來的嶄新中學生活做準備。從和班上同學並不熟悉的小學畢業之後，升上中學就和同學站在同一個起點了，我們的世界一定會變得更加廣闊。而且成為中學生之後，我們之間那淡淡的情感一定也會變得更加清晰一些吧。我們有天一定會對彼此說出「喜歡你／妳」之類的話吧，我不由得期待起來。我與周圍的距離以及與明里之間的距離，一定會一點一點接近起來。我們今後一定會更加努力地，為了我們的未來而奮鬥。

現在想起來，那個時候我們拚命地交換知識，也許是因為彼此早就有「遲早有一天會失去對方」的預感吧。雖然沒有明顯的徵兆，雖然在心中一直祈禱著能夠永遠在一起，但是——如果再次轉學的話——這種不祥的預感依然給自己帶來一絲恐懼。如果哪天真的失去了最珍貴的朋友，至少也要盡全力交換一些關於她的片段。

結果，明里和我還是分別進入不同的中學。小學六年級某個冬天的夜裡，明里打來了一通電話。

我和明里很少講電話，而且還是那麼晚（晚上九點左右，對於當時還是小學生的我們已經是很晚了）打來的電話更是少見。所以，當媽媽告訴我是「明里」打來的，並把電話交到我手上的時候，我感覺到一股不祥的預感。

「貴樹，對不起。」明里細小的聲音從電話另一端傳來。緊接而來的是我完全無法相信的話語，是我最不希望聽到的事情。

不能和你一起去那所中學念書了，明里說道。因為父親的工作關係，在春假時就要搬家到北關東的小鎮去了。明里的聲音漸漸變得顫抖起來。我卻不知道什麼原因，身體忽然變得熾熱起來，而頭腦卻一下子變得冰冷。明里在說什麼？為什麼一定要對我說這種事情。我完全無法理解。

「……那，西中怎麼辦？好不容易考上了。」我終於勉強擠出了一句話。

「我已經辦理轉學到櫪木公立中學的申請……對不起。」

從話筒中傳來汽車經過的聲音，明里是從公共電話亭打來的。雖然我是在自己家裡面，依然能夠從話筒裡感覺到一陣寒冷的氣息傳到自己的手指上來。我蹲下身抱住自己的膝蓋，不知道應該如何回答，拚命尋找該說的話語。

「不……明里沒有什麼需要道歉的……只是……」

「我和家裡人說要借住在葛飾的叔母家繼續留在這裡念書，但是爸爸說我現在還太小了，不能答應……」

明里拚命抑制住自己的哽咽，突然間我強烈感覺到，自己已經不想再聽下去了。在意識到這一點時，我忽然用強硬的語氣對明里開口。

「……我知道了！」在說出這句話的同時，我彷彿能感覺到在電話另一端的明里驚訝的表情。就算如此，我依然無法停止我的話語。

「已經夠了！」我激動地脫口而出。「已經夠了……」當我再一次重複的時候。我的眼淚不爭氣地掉了下來。為什麼……為什麼總會變成這樣！

經過了十幾秒的沉默，嗚咽的明里慢慢說出「對不起……」三個字。我拚命把話筒按在耳朵上面。即使把話筒從耳朵上拿開，仍然無法掛斷電話。剛才我的話一定深深傷害到明里，我清楚地知道這一點，但是卻沒有任何辦法。那個時候的我，還完全沒有學會控制自己的感情。和明里結束那最後一次令人悲傷的通話之後，我一直抱著自己的膝蓋久久無法平靜。

之後的連續幾天，我一直都在異常沉重的心情中度過。面對明明比我還更要不安的明里，連任何溫柔安慰的話都說不出的我，感覺十分羞愧。懷著忐忑不安的心情，我們迎接了各自的畢業典禮，我就帶著這種彆扭的感情與明里分別了。就連在畢業典禮之後，明里用溫柔的聲音對我說「貴樹，再見了」的時候，我依然低著頭沒有回應她任何話。但是我也沒有其他辦法。即便現在已經長大成人的我，也依然孩子氣地希望明里能夠永遠陪伴在自己身邊。而對當年還只是個孩子的我，突然被那麼強大的力量奪走了重要的東西，任誰也無法繼續保持冷靜吧。即使只有十二歲的明里沒有任何的選擇餘地，我們卻依然無法適應這樣的離別。絕對……

* * *

還沒來得及收拾起自己破碎的心情，新的中學生活便開始了，就算我不喜歡也好卻不得不去面對那完全還沒習慣的新生活。應該和明里一起念書的中學現在只有自己一個人。漸漸地，結交了一些新朋友，而且還出人意料地參加了足球社開始運動。雖然和小學時比起來每天都變得非常忙碌，但是對我來說這樣反倒好些。因為每當只有我一個人的時候，便會不由自主回憶起以前與明里在一起的那些美好時光，接著心裡便會一陣陣地隱隱作痛。於是我盡量都和朋友們待在一起，晚上做好作業之後就馬上爬到床上睡覺，早上早早起來積極參加足球社的晨練。

明里一定也在新的地方、新的學校裡過著同樣忙碌的日子吧。希望她能夠在那樣的生活之中逐漸忘記我的事情。我也應該忘記她，我和明里都是有過轉學經驗的人，所以應該學會遺忘。

接著就在夏天開始要變熱的時候，我收到了明里的來信。

當我在信箱中發現那封薄薄的粉紅色信封，知道它是明里寄來的信時，在感到欣喜之前內心其實有著更多的困惑。為什麼現在才來信，我思考著。在這半年，我明明拚命讓自己適應在沒有明里的世界裡生活。可是現在卻收到了她的信——失去明里的寂寞感，再次向我襲來。

結果，我越是想要忘記明里，卻對明里越發思念起來。我越是結交很多的朋友，越是發覺到明里對我的重要性。我把自己關在房間裡，反覆地、無數次地閱讀著明里的信。即便在上課時也悄悄把她的信夾在課本中偷偷看著。即使讀到信上的每一個句子都能夠背起來了，我還是不停閱讀著。

「遠野貴樹啟」——明里的信是以這樣的敬語開始的。令人懷念，明里那整齊的筆跡。

「好久沒有你的消息了，最近過得好嗎？我這邊的夏天雖然也很熱，但是和東京比起來就要好得多了。回想起來，我還是比較喜歡東京那酷熱的夏天，熱到快要融化掉的柏油路、熾熱陽光底下的高樓大廈，還有百貨公司與地鐵站裡的冷氣空調。」

好像在很有大人樣的文章之中畫上了小小的圖畫一樣（太陽、蟬還有大樓什麼的），我不由得想像起還是少女的明里漸漸成為大人的樣子。只是簡單介紹了一下近況的簡短來信——搭乘電車去公立中學念書，為了鍛鍊身體加入了籃球社，頭髮剪短到連耳朵也露出來的程度。信中並沒有提起因為與我分別而感到寂寞，而且從信中所提到的事情也能夠看出她對新生活也已經漸漸適應。但是，我卻能夠清楚感覺到，明里想要與我見面，想要與我聊天的寂寞心情。如果不是這樣的話，她就不會寫這封信給我了。因為，我也和她有著相同的感覺。

從那之後，我和明里以每月一封信的頻率通信。自從和明里有書信聯絡之後，我明顯感覺到生活更加快樂了。比如說無聊的課程，現在我終於能夠很清楚告訴自己那很無聊了。而且自從和明里分別之後所參加的辛苦的足球練習，以及前輩們過分的要求……許許多多痛苦的事情，現在也都可以坦白地認知到那些痛苦。而令人不可思議的是，我越是這樣想，越是發現到，這些痛苦的事情反倒更加容易去面對了。我們雖然沒有在寫給對方的信中發洩對這些日常生活的不滿與牢騷，但是知道在這個世界上有另一個人能夠理解自己，使我們都變得更加堅強起來。

就這樣，中學一年級的夏天過去，秋天過去，冬天來臨了。這時我十三歲，這幾個月來身高增長了七公分，體格也比以前健壯，不那麼容易感冒了。我能夠感覺到自己和世界的距離，正在逐漸貼近。明里應該也已經十三歲了。我時常看著班上穿著制服的女同學，想像著明里現在的模樣，她究竟會變成什麼樣子呢。那時明里的來信之中還像小學時候一樣寫道，想和我一起去看櫻花。在她家附近有一棵很大的櫻花樹。「春天的時候，樹上的花瓣大概也會以秒速五公分的速度向地面飄落吧。」信上這麼寫道。

在第三學期的時候，我又要轉學了。

我們家要在春假時搬家，要搬到九州的鹿兒島附近，據說離本島有段距離的一個小島。從羽田機場起飛大約要兩小時左右的路程。我當時認為那裡也許就是這個世界的盡頭。但是那時候的我早已經習慣了這種生活的變遷，所以並不覺得有甚麼困惑。問題只是與明里之間的距離。雖然自從升上中學之後我們兩個就完全沒有過聯繫，但是仔細想想實際上我們之間的距離並不算太遠。明里所在的北關東小鎮和我住的東京社區，搭乘電車的話應該只有三小時左右的車程。我們其實可以在星期六的時候約出來見面。但是，在這之前，我卻一次都沒有考慮過從這裡到明里居住的小鎮與她見面。

於是我在寫給明里的信中寫到，在搬家前希望能夠再見一面。並且在信中寫了對地點和時間的一些提議。明里很快就回信了。因為我們都面臨期末考，我還要進行搬家的準備，明里也需要參加社團的活動，所以我們兩個人都方便的時間就是學期期末放學後的晚上。我查了一下列車時刻表，於是決定在那天晚上七點和明里約在她家附近的車站見面。那樣的話，我放學之後推掉足球社的活動直接出發，時間應該來得及，和明里能夠在一起見面兩小時左右，之後再乘末班車回到東京的家中。總之能夠在當天便返回家裡的話，家人便不會有什麼意見了。小田急線和崎京線，接著是宇都宮線和兩毛線，雖然需要轉乘好幾次，但只是乘坐普通電車的話，來回的車票只要三千五百日圓就夠了。雖然這對當時的我來說是一筆不小的開銷，但是與能夠和明里見面相比，這些錢實在算不了什麼。

距離我們約定見面還有兩週，這段時間我給明里寫了很長的一封信。這是我從出生以來第一次寫這麼長的東西，這大概就是情書吧。我所憧憬的未來，我喜歡的書和音樂，還有，明里對我來說有多麼的重要——雖然那也許只是幼稚而且拙劣的感情表現——總之都毫無掩飾地寫在其中。雖然具體的內容現在已經有點記不清楚了，但是至少寫了八張信紙。當時的我心想，如果這封信被明里讀過的話，我在鹿兒島的生活即使再艱苦也能很好地堅持下來。這是我想讓明里知道的，當時的我的片段。

在寫那封信的日子裡，有好幾個夜晚我都在夢中見到她。

在夢中，我變成了一隻靈巧的小鳥。穿梭於布滿電線的都市夜空，拍打翅膀高高盤旋在大樓之上。以比自己在操場上奔跑速度還快幾百倍的速度，朝向這個世界上唯一重要的人的身邊飛去。在鳥兒那小小的體內，充斥著幾乎要滿溢出來的快感，漸漸地向高空飛去。都市之中密集的燈光好似星星一樣閃爍著，列車的燈線好似都市的脈搏一樣跳動著。很快，我的身體穿越雲霄，衝上灑滿皎潔月光的雲海。月亮散發著通透的藍色光芒照耀在雲峰之上，簡直好似在其他星球上一樣。那種獲得通往自己希望之地的力量的喜悅，使自己覆蓋著羽毛的身體激動地顫抖起來。只一轉眼便接近到目的地，我欣喜地降落下去，遠遠眺望起她所居住的這片土地。一望無盡的田園，人們居住著的屋舍，茂密的森林之中穿過一條光線，是電車。我一定就是坐在那輛電車之上。接著，我的目光看到了在車站上獨自等待電車到來的她的身影。露出耳朵的短髮少女，一個人坐在月臺的長椅上，在她身旁佇立著一棵巨大的櫻花樹。雖然櫻花還沒有綻放，但是我仍可以從那堅硬的樹皮之中感覺到春天的豔麗氣息。突然少女感覺到我的存在，抬頭向天空望去。很快我們就會見面了，很快——

3

和明里約定好見面的當天，從早上開始便一直下著雨。天空好像被灰色蓋子蓋住了一樣，細密而寒冷的雨滴不停地從空中落下。即將來臨的春季似乎改變主意而回去了，周圍依舊充斥著寒冬的氣息。我在校服外面套上了一件深茶色的厚呢子外套，將寫給明里的信收到書包的最深處，然後向學校走去。因為按照計畫，回到家應該是深夜了，於是我給家人留下字條說晚上要回來得晚一些，請他們不要擔心。家人並不知道我和明里的事情，所以即便把我要去和明里見面的事情事先和他們說了，他們也不會答應，索性不告訴他們好了。

一整天我都心不在焉望著窗外的風景，完全無法靜下心來上課。老師講的內容我已經完全聽不進去了。腦海裡只是不停想像明里穿著校服的身影、應該和她所說的話題，以及明里那聽起來讓人感覺到很舒服的聲音。是的，雖然那個時候我還沒有清楚地意識到這一點，但是現在想來，我其實非常喜歡明里的聲音。我最喜歡聽到明里的聲音從空氣中傳來。這對我的耳朵來說，永遠是一種溫柔的享受。很快我就能夠聽到那個聲音了。一想到這裡我便難以克制激動的情緒，為了能夠使自己冷靜下來，我向窗外望去。

雨。

秒速五公尺。從教室向外望去，天空一片昏暗。即便是白天，外面的大樓和公寓也都點著燈光。非常遙遠處的大樓上面，霓虹燈一閃一閃地亮著。

外面的雨水在我的注視下越下越大，到了放學的時候，雨變成了雪。

放學後，確認周圍沒有其他的同班同學之後，我從書包中拿出了信和筆記。我稍微猶豫了一下之後，把信放進了外套的口袋。這是無論如何也要交給明里的信，放在一個隨時能夠用手碰觸到的地方，心裡會感覺到比較安心。筆記上記載著我事先調查好的換車地點和換車時間，雖然我已經反覆看過幾十遍了，但最後還是再確認一下比較好。

首先，乘坐豪德寺車站下午三點五十四分發車的小田急線到新宿車站。在那裡換乘崎京線到大宮車站，然後換乘宇都宮線，到達小山站。在那裡還要繼續換乘兩毛線，最後在六點四十五分到達目的地岩舟站。與明里約定好晚上七點在岩舟車站見面，這樣的話時間剛剛好。雖然這是第一次獨自一人坐這麼長時間的列車，不過應該沒有關係吧，我自己鼓勵自己道。沒問題的，我對自己如此鼓勵道。

我從學校那昏暗的樓梯上跑下去，打開玄關前的鞋箱。空無一人的大廳裡頓時迴響起打開鐵門時的沉重迴響。我把早上帶來的雨傘放在一邊，走出玄關抬起頭望向天空。早晨時還充滿雨水味道的空氣，到了晚上便變成雪的味道了。那是比雨更加透明清澈，更加沁人心脾的味道。灰濛濛的天空中無數白色的雪片飛舞飄落，一直盯著看的話似乎自己也要被吸入到天空之中去了一樣。我慌忙戴上帽子，快步向車站趕去。

一個人來到新宿車站還是第一次。雖然對於我的生活圈來說這是非常陌生的地方，不過幾個月以前還和朋友為了看電影而來過這裡一次。

那個時候是與兩個朋友一起乘坐小田急線到新宿車站的，在ＪＲ的東出口出來之後就完全迷路了。與電影的內容比起來，倒是這個車站的複雜與混亂給我留下了更加深刻的印象。

＊　＊　＊

我從小田急線下車之後，為了不至於再次迷路，於是先認真閱讀站內的導遊板，找到「ＪＲ線車票售票點」的位置之後，便順著指示方向走去。在這矗立著無數立柱的巨大空間之內，前面忽然出現了一個擺放數十臺售票機的地方，每臺機器前都排著一長串等待買票的隊伍。我前面的ＯＬ身上飄來一陣濃重的香水味，不知為什麼使我的呼吸變得困難起來。旁邊的隊伍動了起來，這時過來一位上了年紀的男子，從他的外套上傳來一陣更重的樟腦丸味道，這種氣味立刻勾起我對搬家時的不安情緒。和很多人一起發出的嘈雜聲混在一起，形成一陣雜亂無章的噪音回盪在這地下空間中。被雪打濕了的鞋子前端漸漸變得寒冷。腦袋也感覺到一陣眩暈。而輪到我買票時，突然發現售票機上面沒有投鈕而一陣困惑（那個時候大部分車站的售票機都還是按鈕式的）。偷偷看了一下旁邊的人，發現別人都是直接在畫面上按目的地的標誌，於是自己也跟著按了一下。

穿過自動驗票的進站口，我一邊仔細地觀察著上面記載有乘車位置的公告板，一邊穿過擁擠的人群向崎京線的乘車月臺走去。「山手線外線」「總武線中野方向前進」「山手線內線」「總武線千葉方向前進」「中央線快速」「中央本線特快」……我穿過了無數個乘車月臺，途中一直留意著車站內的結構示意圖。崎京線的月臺在車站的最深處。我從口袋裡拿出筆記，然後看了一下手錶的時間（為了慶祝中學入學而買的黑色G－SHOCK）。新宿站發車時間是四點二十六分。手錶上面的液晶數字顯示現在是四點十五分。好，還有十分鐘的空檔。

路上忽然看到有廁所，以防萬一還是先去一下比較好。崎京線要行駛至少四十分鐘，最好先做好準備比較安心。洗手時照了照鏡子，有些骯髒的鏡面映出自己在白色日光燈下的模樣。這半年來，身高一直在增加，我也應該變得成熟一些了。不知是因為寒冷還是因為興奮，臉頰顯得紅紅的，稍微有些感到難為情。因為我現在要去見明里了。

崎京線車內擠滿了下班回家的人，完全找不到座位。我靠在車廂的最後面，時而看著車廂廣告和放在書架上的週刊，時而望向窗外的景色，時而偷偷觀察周圍乘客們的樣子。我的視線和心情一樣無法冷靜下來，甚至連放在書包裡面的科幻小說都沒有心情拿出來翻看。坐在座位上一副高中生模樣的女孩子，和站在她面前似乎是她朋友的另外一個女孩子在說著什麼。我站在旁邊斷斷續續聽到了部分內容。她們兩人都穿著短裙，下面也只穿著套腿襪。

「之前的那個男孩子，怎麼樣？」

「哪個？」

「當然是北高的那個呀。」

「哎？妳很沒眼光耶。」

「才不會呢，我喜歡那種型的。」

大概是在說在聯誼或是什麼聚會上認識的男孩子吧。雖然說的不是自己，但是我不知道為什麼突然覺得不好意思起來。一邊用手摸著口袋裡寫給明里的信，一邊把視線看向窗外去。第一次搭乘這條路線。和平時乘坐的小田急線在列車的搖晃方式與行走時候的聲音有一些微妙的區別，而且那種向未知地方前進的不安變得越來越強烈。冬季的夕陽將地平線染成一片橘紅色，視線遠遠望去，前方的建築物並排佇立在夕陽的餘暉之下。雪還在持續下著。現在我所處的位置已經離開東京進入崎玉了吧。和自然風景比起來，城市的建築都是相似的。到處都充斥著高聳的大樓和公寓。

途中經過武藏浦和車站，為了讓高速電車通過，電車臨時停車等待。車內響起「趕往大宮方向的旅客，請在對面月臺換乘」的通知，車內的乘客頓時有大半都下車前往對面的月臺，我也跟在人流的尾端移動。不停從空中飄落的雪花、西方天空厚重的烏雲以及偶爾透過烏雲照射出來的夕陽餘暉，夕陽將遠處的房屋都籠罩上一層淡淡的色彩。眺望著眼前的景色，讓我產生了一種似曾相識的感覺。

是的。這不是我第一次搭乘這條路線。

就在我即將升上小學三年級，從長野搬家到東京的時候，我和雙親一起在大宮站就是搭乘這列電車前往新宿。當時已經看慣了長野田園風光的我，坐在車上眺望窗外充滿高聳建築物的陌生景象時，不由得心中充滿了強烈的不安。望著周圍滿是建築的陌生地方，我一邊想著從今往後一直要在這裡生活，一邊因為不安而差點哭了出來。可是才經過五年的時間，我竟然想要永遠在這裡生活下去了。雖然我只有十三歲，可是我卻一點也不覺得這種想法有多麼誇張。因為有明里在這裡，所以我希望能夠和明里永遠在一起生活下去。

大宮站也是規模上不輸新宿車站的巨大轉運站。從崎京線走下一段很長的樓梯，穿過車站混雜的人群，往換乘的宇都宮線月臺前進。空氣中雪的氣味越發濃重了，行人們的靴子上也都沾滿了雪水而濕答答的。宇都宮線的月臺上面站滿了許多準備回家的人們，在電車車門的位置排成長長一列。我站在距離隊伍稍微有一段距離的地方獨自一人等待著電車進站——就在這時，我開始有一些不祥的預感。站內廣播更加證實了我的預感。

「請各位乘客注意。宇都宮線、小山。宇都宮線方向行駛的列車，現在因為下雪的緣故延遲八分鐘到達。」

直到這個時候，我才發現自己竟然從來都沒有考慮過電車誤點的可能性。我對照了一下筆記和手錶上的時間，按照筆記上的行程應該五點零四分搭上宇都宮線的電車，但是現在已經五點十分了。我忽然感覺到周圍變得更加寒冷起來，身體不由得一陣顫抖。兩分鐘後，隨著一陣長長的汽笛聲電車進站，我才稍微覺得暖和了一點。

*　*　*

在宇都宮線之中，甚至比小田急線與崎京線更加擁擠混亂。已經到了大家差不多都結束了一天的工作和學習，應該回家的時間了。宇都宮線的電車和我剛才所乘坐的電車比起來顯得相當陳舊，座位是四人一組的包廂座位，讓人不由得聯想起行經長野鄉間的地區路線。我一隻手扶著座位的把手，一隻手放在口袋裡，站在座位中間的通道上。車內似乎開著空調顯得異常溫暖，窗戶四個角落因為溫差的關係掛滿了水珠。車上的人們也許是因為疲勞的緣故誰也沒有開口說話，只是在燈光的照耀下靜靜地待在陳舊的車廂之內。當我意識到自己和周圍的環境顯得有些格格不入時，為了不顯得太不協調，我便盡可能地沉默下來，一直眺望窗外的景色。

窗外的景色很快便變得千篇一律，原本高聳的建築物都不見了，取而代之的是一望無際被大雪覆蓋的農田。稍遠處能夠看到有人家的燈光在閃爍著。

列車與遠方的山峰保持一定的距離奔馳著。遠方的山宛如巨大的黑影，就像列隊在雪原上的巨人士兵一樣。到這裡已經完全是我所不知道的世界了。我眺望著外面的風景，心中所想的只是與明里見面的時間——如果遲到的話，我完全沒有和明里聯絡的方法。當時對於中學生來說，手機還沒普及，而且我也不知道明里搬家之後她家裡的電話號碼。窗外的雪看起來越下越大了。

到達下一個換乘點小山車站的路程本來應該在一小時左右，但是在大雪之中的電車越行越慢。而且車站與車站之間的距離和都內比起來，也變得令人無法相信的遙遠，電車靠站的時間也變得令人難以置信的漫長。而且每當這個時候，車內的廣播都會不停地重複著同樣的內容：「耽誤大家的時間實在非常抱歉，因為後續列車延誤，本列車在此車站臨時停車。如有緊急事情要辦的乘客實在是非常抱歉，請稍微等待一下……」

我反覆地看著手錶，在心裡拚命祈禱著千萬不要到七點。然而在距離沒有任何縮短的同時，時間卻一分一秒地確實流逝著。我頓時感覺有股看不見的力量正不停地敲打著我，我感覺全身隱隱作痛。就好像在身體周圍有一個看不見的圍欄正在逐漸縮緊。

我肯定來不及準時到達了。

到了我們約定的七點，電車甚至連小山車站都還沒到，而是在距離小山車站還有兩站的野木車站停了下來。明里所在的岩舟車站，需要從小山車站換車之後再經過二十分鐘的車程。從大宮車站出發的這兩個小時，我的內心被逐漸強烈起來的焦急與絕望不停地煎熬著。如此漫長難耐的時間，對於當時年幼的我來說還是第一次經歷。我甚至已經感覺不到現在車內究竟是冷還是熱了。所能夠感覺到的只有漂浮在車輛之內的深夜氣味，以及從中午到現在一直都沒吃東西的空腹感。不知不覺間，車廂內不知道從什麼時候開始已經沒人了，站在車廂裡的只剩下我一個人。我走到旁邊無人的包廂裡找位置坐下。站得已經麻痺的腳傳來一陣刺痛，疲勞感頓時一起向我襲來。我想要放鬆一下僵硬的身體，發現甚至連這點動作都做不出來。我從外套的口袋裡面拿出給明里的信，直直地凝視起來。約定的時間已經過了，明里現在已經開始著急了吧。我忽然想起與明里最後通的那次電話。為什麼總是會變成這樣——

在野木車站大概停了十五分鐘之後，電車終於再次緩慢地移動起來。

＊　＊　＊

電車終於抵達小山車站的時候，已經是七點四十多了。我從電車下來，向準備換乘的兩毛線月臺走去。半路把完全沒有起到半點作用的筆記揉成一團扔進了月臺的垃圾箱。

小山車站的的月臺很大，乘客卻非常少。我穿過車站的時候，只能在一個像是廣場一樣的空曠空間內偶爾看到一兩個人坐在候車椅上。或許是在這裡等家人開車來接吧。看他們的樣子似乎很自然融入這裡的風景之中。只有我一個人焦急地前進著。

兩毛線的月臺需要從這裡走下樓梯，走過地下道之後才能夠到達。支撐著整個建築的鋼筋混凝土柱子等距離地間隔著，天花板上好多管子縱橫交錯。被柱子隔開的空間之內，充滿了從月臺兩旁吹來的風雪聲。蒼白色的燈光將這像是隧道一樣的空間照得一片朦朧。月臺書報亭的自動門關得嚴嚴實實。就在我以為自己走錯地方時，發現前面月臺上有幾名乘客正在等車。雖然旁邊推車賣蕎麥麵的小販和兩臺並排在一起的自動販賣機發出淡黃色光芒，使這裡顯得稍微有一些溫暖，但整體感覺起來還是一個非常寒冷的場所。

「現在兩毛線因為大雪，將大幅延誤抵達時間。給各位旅客帶來麻煩實在是非常抱歉。請在列車到達之前耐心等待。」完全不帶任何情緒的廣播在月臺上迴響著。我為了稍微保暖，把外套帽子拉下來戴在頭上，然後靠在背風的柱子上一邊躲避風雪一邊等待列車進站。徹骨的寒冷從地面向我襲來。讓明里等待的焦急感與持續奪走我體溫的寒冷，還有胃中刺痛的空腹感交織在一起，使我的身體逐漸僵硬起來。賣蕎麥麵的推車旁站著兩名上班族模樣的人正在吃麵。雖然我也想去吃一碗蕎麥麵，但是想到明里也許也是餓著肚子等我，只有我一個人吃飽是不公平的。於是為了稍微使自己暖和一下，我走向自動販賣機。就在我從外套口袋裡拿出錢包時，我寫給明里的信也一同掉了出來。

現在回想起來，即使當時沒有發生那件事，那封信到底會不會交到明里的手中我也不能確定。不管發生什麼事情結果到最後都還是沒有任何的變化。我們的人生充滿了無數巨大的不幸，那封信不過是其中一部分罷了。最後，不管多麼強烈的思念也好，都會在漫長時間中逐漸地變淡消失。不管那封信有交給她也好，還是沒交給她也好。

在我拿出錢包的同時從口袋裡掉出來的信，轉眼間便隨著不停吹襲的強風穿過月臺消失在昏暗的夜色之中。當下我真的很想大哭一場。我站在原地深深低著頭，並且緊緊地咬著嘴唇，強忍住不讓自己的淚水掉落下來。結果最後連熱咖啡也沒有買。

* * *

結果我乘坐的兩毛線，在即將抵達目的地的途中完全停車。「由於降雪的緣故造成列車調度混亂，本列車暫時停駛。」車內的廣播說道。「造成各位旅客不便實在是非常抱歉，目前列車再開時間尚無法確定。」窗外是一片被昏暗白雪所覆蓋的原野。暴風雪不停地打在窗戶上發出令人絕望的聲音。為什麼非要在這種前不著村後不著店的地方停車呢？我完全無法理解。看了一下手錶，距離我們約定的時間已經超過兩個小時了。今天一天之內，我大概看手錶幾百遍了吧。已經厭倦一直盯著不斷流逝的時間，我摘下手錶把它放在窗邊的小桌子上。已經沒辦法了。只能不停地祈禱電車早一點重新啟動起來。

——貴樹你還好嗎？明里在來信中這樣寫道。「因為社團活動比較早，所以我是在電車上寫這封信的。」

從信中所讀到的明里，為什麼總是有種孤單一個人的感覺呢？於是我想到，事實上我也是一樣一直一個人。雖然在學校裡面也結交了很多的朋友，但是像現在這樣用帽子蓋住臉獨自坐在空無一人的車廂之中的我，才是我原本的模樣吧。雖然電車裡開著暖氣，但是空蕩蕩的車廂依舊十分寒冷。該怎麼說才好呢——如此殘酷的時間，我以前從來都沒有經歷過。我獨自一人坐在空曠的座位之上，把整個身體圍在一起咬緊牙關，拚命地忍住眼淚，和充滿惡意的時間做著最後抗爭。我越是想起明里也是一個人在寒冷的車站內等我，想起她溫柔的表情，我的心情便越發焦急起來。明里不要再等下去了，回家去吧，我開始真心這麼期望起來。

但是明里一定會一直在那裡等下去吧。

我非常清楚這一點，於是我變得更加悲傷並且痛苦起來。窗外的大雪還在不停從空中飄落下來。

4

等到電車再次啟動，大概是兩小時之後的事，而我到達岩舟車站的時間也比約定的時間晚了四個小時，已經是晚上十一點了。對於當時的我來說，這完全是深夜的時間了。從電車上走出來到月臺上，我的腳踩到地面的積雪發出柔軟的聲音，風已經停了，夜空中只剩下無數雪的顆粒悄無聲息地垂直降落下來。停車的月臺既沒有柵欄也沒有牆壁，從月臺旁邊望去馬上能夠看到一望無際的雪原。城鎮的燈光顯得非常遙遠，月臺周圍一片寂靜，除了電車的引擎聲之外，聽不到其他任何的聲音。

我穿過小小的通道，走過驗票口。從驗票口處便能看到月臺前城鎮的燈光。只剩寥寥無幾的人家還亮著燈，整個城鎮都在靜寂之中被大雪覆蓋。我將驗過的車票遞給月臺的工作人員，然後走進候車室的小木屋。

就在我踏進小木屋的同時，一陣溫暖的空氣和小爐子那令人懷念的氣味便將我包圍住。眼前的情景使我的胸口湧起一陣感動，我甚至無法相信自己的眼睛——我閉上眼睛再一次慢慢睜開。一名少女在小爐子前面的椅子上面低著頭靜靜地坐著。

我仔細地盯著眼前這名穿著白色外套的少女，然後慢慢地走近，明里，叫了她一聲。我的聲音顫抖得好像不是從自己口中發出來的一樣。少女驚訝地慢慢抬起頭來望著我——是明里。大大的眼睛裡面充滿了淚光，眼角微微有些發紅。與一年前相比顯得更加成熟的明里，她的臉在昏黃的爐火照耀下顯得格外美麗，甚至比我過去曾見過的任何女子都要美麗。我的心臟忽然感覺到一陣無法形容的痛楚。這也是我以前從來都沒有感覺過的。我無法移開視線。明里眼睛裡面的淚光漸漸變得越來越大，然後用好像看著什麼難得一見的事物一般的眼神看著我。她的手一下子抓住我外套的衣角，我向明里靠近了一步。就在我看到明里的眼淚掉落在抓住我衣角的白皙手背上那一瞬間，我一直努力控制住的情緒一下子全都爆發出來，也跟著她哭了起來。爐子上面燒著的水壺沸騰起來發出柔和的聲音，在狹小的候車室裡迴響著。

＊　＊　＊

明里在保溫瓶裡裝了茶並且帶了自己親手做的便當。我們兩個人並排坐在火爐前的長椅上，中間放著裝便當的包裹。我接過明里遞過來的茶喝了一口。茶還很熱，散發出一股非常香的味道。

「真好喝。」我打從心裡讚嘆道。

「是嗎？只是普通的烘培茶。」

「烘培茶？我還是第一次喝到。」

「才不會呢！你以前一定喝過的！」雖然明里這樣說，但是這種味道的茶我確實覺得是第一次喝到。所以只能回答：「是嗎……」

「一定是的。」明里有些微妙地說道。

明里的聲音和她的身體一樣，和我記憶之中相比顯得更加成熟了。只不過仍然是那麼溫柔，隨著明里的聲音，我的體溫也逐漸變得溫暖起來。「那麼，嘗嘗這個～」明里一邊說著一邊打開包裹，掀開裡面兩個保鮮盒的蓋子。一個盒子裡面放著四個大大的飯糰。另一個裡面則放滿了各式各樣的菜肴——小小的漢堡排、香腸、煎蛋、番茄、花椰菜等等。所有的這些都分成兩份，整齊地擺好。

「都是我自己做的，所以不敢保證味道如何……」明里一邊說一邊把包便當的布疊好放在腿上，然後對我問道：「不嫌棄的話……請用吧。」

「……謝謝。」我終於說出了這句話。胸口忽然又感覺到一陣激動，差點又要哭了出來，感覺這副模樣很丟人的我，拚命控制住自己的感情。忽然間我想到自己一直沒吃東西這件事，於是急忙說道：「我肚子正餓著呢，非常餓。」聽到我的話，明里似乎很開心地笑了起來。

飯糰拿起來感覺沉甸甸的，我張大嘴巴一口咬下去。我一邊吃著一邊又控制不住自己的眼淚，為了不讓明里看到，我連忙低下頭去。這是我所吃過最好吃的東西。

「這是我所吃過的食物之中最好吃的。」我坦白地說道。

「太誇張了吧。」

「真的。」

「一定是因為肚子餓了。」

「也許是吧……」

「一定是的。我也吃一個。」明里一邊開心地說道，一邊也拿起一個飯糰。

於是我們兩個人開始一起吃著便當。漢堡排也好，煎蛋也好，都好吃到讓人讚嘆不已。當我說出自己的感想時，明里不好意思也笑了起來，然後帶著很自豪的表情說：「我從學校放學之後特意回家做的，跟媽媽學的。」

「妳怎麼跟媽媽說才出來的？」

「我留了個紙條說不管多晚我都一定會回家的，所以請不用擔心。」

「和我一樣。但是明里的媽媽一定會很擔心的。」

「嗯……不過一定沒關係的。在我做便當的時候，媽媽有問過是要給誰的？我當時只是笑了笑沒有回答，媽媽也看起來很開心，她一定都知道的。」

雖然我很想問她心裡的答案，但是我卻依然只是沉默地吃著手中的飯糰。因為飯糰實在太大，所以雖然只吃了兩個但是卻已經吃得很飽了，我感覺到一陣幸福的滿足感。

小小的候車室被溫馨的淡黃色光芒籠罩著，火爐烤得雙腿暖暖的。我們兩個人已經完全忘記了時間，只是一邊喝著茶一邊開心地聊著天。兩個人都完全把回家的事扔在腦後。雖然兩個人都沒有明確地說出來，但是在各自的心裡一定都非常清楚。在這一年多的時間內所想要說的話，以及自己所感受到的孤獨，從這些沒有直接表述出來的話語之中，通過其他的方式向對方傾訴著。

叩叩。車站的工作人員敲打著候車室的窗戶提醒我們時間的時候，已經是深夜十二點了。

「車站馬上就要關門了，已經沒有電車了。」

幫我驗票的那位稍微有些上了年紀的站員說道。本來我以為他會對我們發脾氣，但沒想到的是，他卻微笑著對我們表示「看你們兩個聊得很開心的樣子實在是不忍心打擾你們」。站員用帶著地方口音的語調溫柔地說：「但是現在已經很晚了必須關門了。外面下這麼大的雪，回去的時候請注意安全。」

我們向站員道謝之後走出了車站。

岩舟車站被完全覆蓋在皚皚白雪之中。雖然雪還是不停地從空中落下，但是這滿是白雪的深夜世界，竟然出人意料一點都感覺不到寒冷。我們兩個都開心地在雪地上並排向前走去。我的身高現在比明里要高出幾公分，這一點使我非常驕傲。蒼白的街燈好似聚光燈一樣把眼前的雪地照亮。明里很開心地向前面跑去，我看到了比我記憶之中長大了許多的明里的背影。

明里帶著我來到她以前信中提到過的那棵大櫻花樹前。雖然距離車站只有不到十分鐘的路程，但是卻走到了一片沒有人家的寬闊田野之上。在這裡已經完全沒有路燈之類的東西，所能夠依賴的只有雪地反射出來的朦朧光芒，整個背景都籠罩在一層淡淡的薄光之內。簡直就好像由巧手的工匠所製做出來的一樣，那樣美麗的風景。

這棵櫻花樹孤獨地佇立在田間小道之上。又粗又高，真是一棵挺拔的樹木。我們兩人就站在這棵櫻花樹下面，抬頭向上仰望。天空一片昏暗，雪花穿過櫻花樹交錯的樹枝無聲地飄落下來。

「你看，好像下雪一樣呢。」明里說道。

「是啊。」我回答。我似乎又再次看到了在盛開的櫻花樹下微笑地望著我的明里。

那一夜，在那棵櫻花樹下，我與明里初次接吻了。似乎是非常自然的事情。

就在我與她的嘴脣相接觸的一剎那，我忽然意識到永遠、心以及靈魂這些東西究竟都是什麼概念。我忽然明白了這十三年來我一直所追求的一切，緊接著，在下一個瞬間，無邊的悲傷忽然向我襲來。

明里的這種溫暖，這種溫柔的靈魂，究竟我該帶到哪裡呢？究竟我該如何面對呢？我完全都不知道。對我來說最重要的明里明明就在這裡，明明就在這裡，我卻完全不知道應該怎麼辦才好。我所知道的，只是我們兩個人從今以後永遠都不能再在一起了。在我們兩人面前，橫亙著對於我們來說過於巨大的人生以及茫然的時間。

——但是，我在那一瞬間所感覺到的不安很快便被明里的溫柔所融化，在我的意識之中只留下明里的嘴唇的觸感。明里嘴唇的柔軟與溫暖，在這個世界上是沒有任何東西可以比擬的。這對於我來說是一個非常特別的吻。即便現在回憶起來，在我的人生之中，那樣純粹而切實的喜悅是絕無僅有的。

＊　＊　＊

我們兩個人在田邊的小倉庫裡過了一夜。在那所木造小屋裡放著各種農具，我和明里將裡面的舊毛毯拖了出來，脫掉被雪打濕的外套和靴子，兩個人裹在一條毛毯裡面一直聊天聊了很久。明里外套底下穿著水手服，我穿著校服。在這裡的我們都不是孤獨的，感覺真是太開心了。

裹在毛毯裡面聊天的我們，肩膀偶爾會不小心碰在一起，明里柔軟的髮梢經常會刮到我的臉頰和脖子。那種溫柔的感觸和香甜的味道使我興奮不已。能夠感覺到明里的體溫更是使我精神抖擻。明里說話呼出的氣息掃動著我前額的頭髮，我的呼吸也吹動了明里的髮梢。窗外的雲逐漸變得淡薄下去，穿過雲層射過來的月光透過毛玻璃將小屋之內照耀得充滿幻想般的光芒。我們兩個人一邊聊著一邊不知不覺就這樣睡著了。

當我醒來已經是早上六點了，雪不知道什麼時候已經停了下來。我們兩個把還有一點溫度的茶喝掉之後，穿好外套往車站走去。天空變得一片晴朗，從山後冉冉升起的朝陽把田園雪景照耀得閃閃發光。世界中到處都充滿了眩目的光芒。

星期天早上的車站上空無一人，乘客只有我一個。被塗成橘紅與綠兩色相間的列車迎著朝陽駛入月臺。電車的門打開，我走進去之後轉過身來，望著眼前站在月臺上面的明里——披著白色外套沒有扣上釦子，露出裡面穿著的水手服，十三歲的明里。

——於是我意識到。我們兩個就將要這樣再次成為孤單一人，不得不回到各自的地方去了。

明明直到剛才為止還一直談論很多事情，還感覺到那麼的親近，為什麼現在就要分別了呢。不知道在此時此刻該說些什麼才好的我只能低著頭沉默不語，還是明里率先打破了沉默。

「貴樹……」

我甚至連回應一下的聲音都發不出來。

「貴樹……」明里重複了一遍，稍微低了下頭，明里身後的朝陽將那一片雪原照耀的好似湖面一樣泛起粼粼光芒，在如此美景的襯托之下，她顯得異常美麗。

明里感覺似乎下了很大決心抬起頭來，注視著我繼續說道。

「貴樹，今後一定也沒問題的！一定！」

「謝謝……」我終於開口回答，就在我話剛說出口的同時車門也開始關閉了

——這樣下去的話不行。我還有必須要對明里說清楚的話。為了能夠使隔在車門外面的明里聽清楚我的聲音，我大聲喊道。

「明里也要保重！我會給妳寫信的！也會打電話！」

在那一瞬間，我忽然聽到一陣尖銳而遙遠的鳥叫聲。電車開始啟動了，我們兩個人隔著車門玻璃把手按在一起。雖然很快就分開了，但確實有一瞬間的重疊……

在回程的列車上，我一直站在門旁邊。

我沒有告訴明里關於自己寫了一封信，以及那封信在來的途中弄丟的事。

我以為今後一定還會有機會再見，而且我意識到在那一吻之前和之後，世界的一切都發生了改變。

我站在門前面，右手一直放在明里曾經觸摸過的玻璃上面。

「貴樹，今後一定也沒問題的！」明里這樣說。

似乎被她說中了什麼——雖然究竟她說中了什麼我自己也不清楚——但是我卻不可思議地有這種感覺。同時，我還有一種預感，在將來明里的這句話一定會成為對於我來說非常重要的精神支柱。

但是至少現在——我這樣想著，我想要擁有能夠守護她的力量。

我懷著這樣的想法，一直眺望著窗外的景色。

第二話　「太空人」

1

地平線上升起的朝陽，將水面照射得閃閃發光。天空攝人心魄般蔚藍，肌膚感受到水的溫暖，身體輕盈。現在的我，正獨自漂盪在光之海洋上。此時我覺得自己是一種特別的存在，心中泛起一絲幸福的感覺。儘管現在的我，仍懷抱著許多問題。

像這樣不假思索，立刻就產生幸福感的想法本身，也許就是諸多問題的原因。不過，我仍然以雀躍的心情迎向下一波海浪。清晨的海洋絢麗無比。緩緩起伏的波濤、難以形容的複雜色彩，不禁讓人為之陶醉，任由衝浪板在波濤中穿梭。感受到身體被浮力托起的我，想站起身來，卻馬上失去平衡跌入波濤之中。又失敗了。從鼻孔吸入的一些海水刺激著眼睛。

問題一，這半年來，我一次也沒有從波浪中站起來過。

從沙灘走上來一些的地方有個停車場（應該說，只是個雜草叢生的空地）。在足足有一人高的雜草叢中，我脫下緊貼肌膚的防晒衣和泳裝。轉開水龍頭讓水從頭淋遍赤裸的全身，擦乾身體之後，我換上制服。四周一個人都沒有。迎面吹來的海風讓我感到十分愜意，及肩的短髮不一會就完全乾了。朝陽將雜草的影子清晰地投射在白色的水手服上。我一直很喜歡大海，特別是在這個季節的清晨。若是在冬季，從海裡回到岸上換衣服的時候，那是最難受的。

正塗上唇膏的時候，我聽到姊姊那輛 Step Wagon 駛來的聲音，我拿起衝浪板和背包朝車子走過去。穿著紅色運動衫的姊姊打開駕駛窗向我打招呼。

「花苗，怎麼樣了？」

我的姊姊是個美人，長髮披肩、穩重、聰慧，目前是高中教師。以前的我不太喜歡這個大我八歲的姊姊。經過我反覆思考，覺得那是因為對遲鈍而平凡的我來說，有個美麗的姊姊是種心結。不過現在我很喜歡她。姊姊大學畢業回到這座島上之後，不知道從什麼時候開始，我對她產生敬愛之情。如果不穿這種土氣的運動衫，換上可愛一點的衣服，姊姊看起來會更漂亮。可是那樣的話，在這小島上可能又太引人注目了。

「今天也沒成功，陸風太強一直往海面吹。」我把衝浪板裝上車，一邊回答道。

「慢慢來吧，放學後也要來嗎？」

「嗯，要來，姊姊也沒問題吧？」

「可以。不過，也別忘了妳的課業喔。」

「好——的！」

我隨口大聲回答，走向停在停車場一角的機車。這輛學校指定的本田SuperCub，是早已踏上工作崗位的姊姊留給我的。在這座沒有電車、公車也很少的小島上，高中生大多在十六歲就拿到機車駕照了。雖然騎機車很方便也很愜意，不過因為沒有辦法載衝浪板，所以每次到海邊去都是姊姊開車幫我載，結束後我們再一起去學校——我去上學、姊姊去上課。車子發動時我看了一下手錶，七點四十五分。沒問題，他也一定還在練習。我騎著機車跟在姊姊後面，離開了海岸。

高中一年級時受姊姊的影響，我開始玩起趴板，從那一天開始，我就被衝浪的魅力深深吸引了。姊姊讀大學時，衝浪社的活動根本都還不算是種時尚，完全是為了健身（前三個月是為下水做準備的基礎練習，從早到晚練習划水和潛水）。儘管不明白走向海洋的意義，但我覺得那是很美好的一件事。到了高二，我已經習慣趴板。在某個風和日麗的日子，我突然想站在浮板上衝浪，於是我改用短板和長板。剛開始練習時，有幾次我偶然可以站起來，可是從那次之後不知道為什麼，就一直無法再次站在浮板上了。為了是否要放棄難度較高的短板改回使用趴板而煩惱的我，就這樣到了高中三年級。夏天很快就來臨了。用短板衝浪的我依舊無法在海浪中站起來。

這就是我的煩惱。而第二個煩惱，是我馬上就要面對的。

「砰！」的一記聲響，交雜著清晨鳥兒的鳴叫，從遠處傳了過來。那是箭穿過紙靶的聲音。現在是八點過十分，我緊張地站在校舍樹蔭下。剛才從校舍一角探出頭張望時，射箭場和平時一樣，只有他一個人。

每天早上他都獨自練習射箭，而他也是我練習衝浪的原因之一。每天早上看到他如此熱中於某件事，就希望自己也能像他這樣。他認真地拉起弓弦的樣子真的好帥。不過，要近距離凝視他是很難為情的，我做不到，只敢像現在這樣，站在一百多公尺外的遠處看他練習，偷偷地看著他。

我拍了拍裙角，稍微整理一下水手服的衣擺，做了個深呼吸。好的！要自然一點！然後，向射箭場走去。

「啊，早安！」

和平常一樣，他看到我走過來就中斷了練習，向我打招呼。哎呀！他的聲音真的好溫柔、好沉穩。

儘管心跳得好快，我仍然裝出一副很平靜的樣子，慢慢走過去。我只是從道場旁邊經過而已哦！心裡刻意這樣告訴自己。要謹慎地回答他，盡量不動聲色。

「早上好，遠野同學。今天也來得很早啊！」

「澄田，妳今天也去海邊了吧？」

「嗯。」

「真努力啊！」

「啊！」這意外的稱讚使我吃了一驚。糟了，我現在一定整個臉都紅起來了吧！

「也、也沒什麼啦……呵呵……再見，遠野同學！」我既開心又害羞，慌張地跑開了。「啊，再見。」溫柔的聲音從身後傳來。

問題二，我暗戀他已經有五年了。他的名字叫做遠野貴樹。然而，到畢業前，和遠野同學在一起的時間只剩下半年。

接著是第三個問題，就在桌上的一張紙上。現在是八點三十五分，正在開早會。我神情恍惚地聽著班主任松野老師的話。聽好了——馬上就要做決定了，和家裡好好商量後再填寫。他好像是這樣說的。這張紙上寫著「第三次志願調查」。該怎麼填寫呢？對此，我完全不知道該怎麼辦。

十二點五十分。午休時間，教室裡響起了熟悉的古典音樂。不知為何，聽到這首曲子會讓我聯想到溜冰。究竟這首曲子在我的腦子裡產生什麼樣的回憶啊？曲名是什麼呢？我想了一下子就放棄了，開始吃起媽媽做的便當和煎蛋，味道又香又可口，整個人被美味所帶來的幸福感佔據。

我和有希子、沙希把桌子併起來一起吃午飯，她們兩個從剛才就一直在討論關於填志願的事。

「聽說佐佐木同學要考東京的大學。」

「佐佐木同學是指京子嗎？」

「不是不是，是一班的。」

「啊，文學部的佐佐木同學啊？真厲害！」

聽到一班，我的心情跟著緊張起來。那是遠野同學他們班。我就讀的高中一年級有三個班，一班和二班是普通班，其中一班是打算繼續升學的學生。三班是商業班，他們畢業後大多進入專科學校或是進入職場，選擇留在島上的人也是最多的。我正想著他是不是希望回東京的時候，口中煎蛋的美味突然消失了。

「花苗妳呢？」聽到有希子這麼一問，我卻難以回答。

「打算工作嗎？」沙希接著問。嗯……我含混不清地回答她。我自己也不知道該怎麼打算。

「妳真的什麼也沒考慮啊？」沙希吃驚地說道。「我看妳滿腦子只想著遠野同學吧！」有希子說。沙希接著說：「他在東京一定有女朋友。」聽到這裡，我不禁大叫起來。

「怎麼可能！」

她們兩人掩面而笑。我隱藏在心裡的祕密暴露了。

「別說了，我去買優酪乳。」我嘟起嘴離開了座位。雖然她們是在開玩笑，但「遠野貴樹在東京有女朋友」這句話還是對我產生了不小的震撼。

「啊！妳還要喝啊？已經第二盒了！」

「我總覺得很口渴。」

「不愧是衝浪少女！」

任她們兩人調侃完，我走到通風的走廊上，邊走邊看著牆上的布告欄，那裡貼著即將升空的火箭噴出巨大煙霧的照片。《H2火箭4號發射，平成8年8月17日10點53分》、《H2火箭6號發射，平成9年11月28日6點27分》……據說每次火箭成功發射，NASDA的人都會來張貼布告。

以前看過很多次火箭升空。拖著白煙從各處升起的火箭，島上的每個角落都可以看得很清處。不過說起來，好像有很多年沒看到火箭升空了。不知才到島上五年的遠野同學見過沒有？真想和他一起看看啊！如果他是第一次看的話，一定會很感動的。如果可以和他一起擁有這樣的經歷，我們之間的距離一定會拉近的。啊，可是，高中生活只剩下半年了，這半年裡還會再發射火箭嗎？還有，在高中結束之前，我真的能踩著趴板乘風破浪嗎？雖然很想讓遠野同學看我衝浪，但我絕不想讓他看到我笨手笨腳的樣子，只希望呈現自己最好的一面——還剩下半年。不對不對，遠野同學畢業後留在島上的可能性並不是零……這麼說，還有很多機會！若是那樣的話，那我的志願就是留在島上工作。不過，我無法想像他留在島上的樣子，總覺得這個島並不適合他。

……就這樣，我的煩惱總是以遠野同學為中心，就算知道不能一直這樣煩惱下去。

所以，我決定在學會衝浪之後就向遠野同學告白。

＊　＊　＊

晚上七點十分。剛才還響遍各處的熊蟬聲，不知道從什麼時候變成了暮蟬的聲音，再過不久應該就會變成螽斯的鳴叫聲了吧！外面雖然已經一片昏暗，天空中的雲彩卻在夕陽餘暉裡閃現金色的光芒。仰望天空，片片雲彩向西緩慢移動。剛才在海裡時，風是逆向的海風——從海面往陸地上吹來的風讓波浪的形狀不夠好，也許現在這個時機更適合衝浪。但不管怎麼說，我都沒有站在波浪上的自信。

我從校舍的樹蔭旁向停車場看過去，那裡沒剩幾輛機車了，校門附近也看不到什麼學生的身影，現在各社團的活動都已經結束了。我放學後，也就是練完衝浪後，再次回到學校，躲在校舍的樹蔭下等待遠野同學的身影出現在停車場（仔細想想，這樣的我真是可怕）。不過，他可能已經回去了。要是早點從海邊回來就好了。我這樣想著，但還是決定再等一會。

衝浪的問題、遠野同學的問題、志願的問題，雖然這是眼前的三大難題，但其實我的問題還不止這三個。例如曬黑的皮膚，我絕不是天生的黑皮膚（應該是這樣吧），可是無論塗多少防曬油，我的膚色都比其他的同學來得黑。雖然姊姊安慰我說「因為妳常練習衝浪，這是很自然的」，有希子和沙希也說這是健康的膚色，很可愛，但我總覺得自己比喜歡的男孩子皮膚黑是很要命的。遠野同學的皮膚白皙而乾淨。

還有怎麼都不肯長大的胸部（不知道為什麼，姊姊的胸部很大，我們的DNA明明是一樣的啊）。差到沒救的數學成績、缺乏時尚品味、太健康完全不會感冒（總覺得這樣一點也不可愛），其他還有很多。我的問題堆積如山。

光數落自己這些悲慘的事蹟也沒用。我這樣想著，再次往停車場看過去。那個遠處走來的身影，我絕對不會看錯。太好了！等待果然是值得的！我真佩服自己的判斷！很快地做了一個深呼吸之後，我假裝若無其事地走了過去。

「咦？澄田，現在才回去？」他的聲音還是那麼溫柔。在停車場燈光的照射下，我漸漸看清楚他的樣子，修長的身材、稍長的頭髮、平穩的腳步。

「嗯……遠野同學也現在才要回去？」我的聲音有點顫抖。啊！真是的，快平靜下來啊！

「是啊，那就一起回去吧！」

——如果我像小狗一樣有尾巴的話，現在一定是搖個不停吧！啊，還好我不是小狗，不然就被他知道我心裡在想什麼了。我也覺得很奇怪自己會這樣想東想西的。不過，能和遠野同學一起回家，我真的很開心。

我們騎車在甘蔗園裡的小路上一前一後前進著。看著遠野同學的背影，品嘗此刻的幸福，內心突然湧起一股暖流，和衝浪失敗時在鼻子嗆水的感覺一樣。雖然不知道為什麼，但這感覺又幸福又悲傷。

一開始我就覺得遠野同學和其他男孩子有點不一樣。二年級的時候，他從東京轉學到這個小島上。到現在我都還清楚記得當時在開學典禮上他的樣子。站在黑板前的陌生男孩既不害羞也不緊張，五官端正的他帶著平靜的笑容。

「我叫遠野貴樹。因為父母的工作的關係，三天前從東京搬過來。雖然已經習慣轉學了，但是對這個島還不熟悉，請大家多多關照。」

他說話不快不慢，咬字清晰而沉穩，口音是標準的日語，像電視裡的人一樣。我要是他的話——從超級繁華的城市轉學到超級鄉下（而且是孤島）的地方，或者反過來——一定會滿臉通紅，腦筋一片空白，因為口音和大家不同而緊張得胡言亂語。同樣年紀的他為什麼能這樣，站在大家面前毫不緊張地說話呢？他之前究竟過著什麼樣的生活？包覆在黑色學生制服裡的他，內心到底有什麼——我還是第一次這麼強烈地想要知道答案。從那一刻開始，我就墜入宿命般的戀愛中了。

在那之後，我的人生改變了，無論在鎮上、學校裡還是平常的生活中，我都會遠遠地望著他。上學、放學，甚至在帶狗到海邊散步的時候，我眼角的餘光總是不斷在搜尋他的身影。看上去很酷的他，總能很快就交到許多朋友，而且完全不只限於同性，所以在某些適當的時機，我也和他交談過許多次。

雖然到上高中之後分配到不同班級，但能上同一所高中就是個奇蹟。

話是這樣說，不過在這個島上其實也沒多少學校可以選擇。以他的成績，想進哪所高中都不成問題，也許他只是想選個比較近的學校吧！上了高中的我，一如往常地喜歡他，這種心情五年來不僅沒有變淡，反而一天比一天更深。雖然也希望能成為他特別且唯一的人，不過說實話，光是抱著「喜歡他」的這種想法就已經很辛苦了。認識他之後的每一天，這種事我一點點也無法想像。在學校和鎮上，每次看到遠野同學的身影，那種喜歡的情緒就增加一分，讓我對此感到害怕。儘管每天都很痛苦，卻又覺得很開心，自己也不知道該怎麼辦才好。

晚上七點半。回家的路上，我們到一家叫 EyeShop 的超市購物。我和遠野同學每週大約有零點七次一起回家的機會——也就是說，運氣好的時候每週一次，運氣差的話大概兩週一次。而到 EyeShop 的近路也不知不覺成了我們習慣走的路線。雖然叫做超市，但其實是間住附近的老婆婆開的小商店，每晚九點就關門，店裡也賣花的種子還有帶著泥土的蘿蔔，也有各式各樣的糕點。有線電視正在播放流行的ＪＰＯＰ音樂，天花板上的日光燈在狹小的店內投射出白色的光。

遠野同學買東西的時候總是早早就決定好了，毫不猶豫地拿起紙盒裝的DAIRY咖啡，我卻總是為該買什麼而猶豫不決。我總是會考慮「買什麼才會顯得可愛一些」這個問題。若跟他買一樣的東西，就會覺得自己像是有什麼企圖的（雖然實際上就是這樣）。買牛奶的話感覺有點粗魯、美味果汁的包裝是黃色的，雖然很可愛，但味道我不太喜歡、我是很想喝黑醋飲料，但又感覺好像太「野」了點。

正在猶豫時，遠野同學對我說了一聲「澄田，我先走了」。說完，向收銀台走過去。真是的，在他身邊的機會很難得啊！我慌了神，最後還是買了跟平時一樣的美味優酪乳。這是今天的第幾盒了？第二節下課後買了一盒、午休又喝了兩盒，這是第四盒了。我身體的二十分之一應該是優酪乳構成的吧！

走出超市的拐角處，遠野同學正靠在機車上用手機發簡訊，我連忙躲到郵筒後面。天色已經暗了，只有隨風飄動的雲彩上還映著夕陽赤紅的餘輝。

夜晚就要降臨這座島上。耳邊是甘蔗擺動聲和昆蟲的鳴叫聲，晚飯的香味從各戶人家裡飄出來。

因為天色太暗了，我無法看清楚他的表情。只有手機螢幕發出亮光。

我勉強露出開朗的神情，走向他。看到我之後，他很自然地把手機放回口袋，溫柔地對我說「妳回來了，澄田，買了什麼？」

「唔，猶豫了一下，結果還是買了優酪乳。這是今天的第四盒了。厲害吧！」

「咦，你這麼喜歡喝嗎？這麼說妳好像很常喝這個。」

說話的同時，我的意識轉向了放在運動包裡的手機。要是收到遠野同學簡訊的人是我，那該有多好啊！腦子裡又浮現這個夢想過無數次的願望。不過，他從來沒發過簡訊給我，所以我也沒辦法發簡訊給他。我——這樣強烈地想著——不論在今後的人生中會遇到什麼樣的人，和那個人在一起的時間裡我都只看著他一個人，絕對不看手機，絕不讓他有「這個人想的不是我，而是別的什麼人」這樣的不安。

在星光閃爍的夜空下，和這個毫無理由而喜歡上的男孩交談著。儘管在心裡很想哭泣，但我依然做出這樣的決定。

2

今天的浪高又多，不過也被海風破壞不少。下午五點四十分，放學後的我來到海邊之後，海上已經湧來了十幾波海浪，可是沒有一波是我能站上去的。當然——誰都可以輕易站在被破壞後泛起白沫的波浪上，而我希望自己能夠衝上浪尖。

我努力划向海上，眼神卻呆呆地望著大海與天空。今天的雲層很厚，可天空為什麼看上去那麼高遠呢？厚厚的雲層映照在海面上，並時時刻刻變換著色彩。與划水的我僅有數公分高度差距的海面，每一刻都發生著複雜的變化。好希望可以早一點站起來，好想知道從一五四公分的高度看到的海是什麼樣子。再怎麼擅長繪畫的人——我是這樣認為的——也絕對無法描繪出我現在所看到的大海。照片也沒辦法的，攝影機肯定也行不通。

今天的資訊課上學到的二十一世紀高解析度影像，是由橫向一千九百個光點構成的，這已經是十分驚人的解析度了。眼前的景象，用一千九百乘一千的數百萬畫素都無法完全呈現出來。這已經很漂亮了——在課堂上這樣說的老師和高解析度影像的發明者，以及製作電影的人，他們真的這樣相信嗎？而身處在這景色中的我，從遠處看也一定很美麗吧？我的心裡是這麼希望的，希望遠野同學能看到這樣的我。這時，我想起今天在學校發生的一切。

午休時間，和往常一樣，和有希子及沙希一起吃午飯的時候，校內廣播傳來了這樣的消息：「三年三班的澄田花苗同學，請到學生指導室。」

我明白為什麼要叫我去，那時我所想的是，這廣播要被遠野同學和姊姊聽到的話，我會很難為情。

寬敞的學生指導室裡只有志願指導伊藤老師。老師面前放著一張紙，那是我只寫了名字就交出去的志願調查表。窗外正是炎炎夏日，知了煩躁地叫著，屋子裡卻十分涼爽。天空的雲彩快速移動著，陽光時隱時現。

吹的是東風，今天的波浪一定特別多吧？我一邊想著，一邊走到老師對面的座位坐下。

「……這個，整個年級還沒有決定的，只有澄田妳一個了。」伊藤老師故意嘆了口氣，不耐煩地說道。

「對不起……」我低聲回答，卻不知道接下來該說什麼好，於是便沉默了。老師也一句話都沒說，一陣沉默。

我無奈地看著這張寫著以下文字的紙片：

〈請在1～3選項中符合的地方畫個圈〉

1、大學（A、四年制大學　B、短期大學）

2、專科學校

3、就職（A、地區　B、職業類型）

大學的項目裡還有公立和私立的選擇，後面列著一長串專業名稱。醫、齒、藥、理、工、農、水產、商、文、法、經、外語、教育。短大與專科也一樣。音樂、藝術、幼兒教育、營養、服裝、電腦、醫療、護士、調理、美容、旅遊、傳媒、公務員……光是追著文字看就讓人眼花。而就職一項則有地區的選擇，島內、鹿兒島縣內、九州、關西、關東、其他。

我看著島內和關東兩處——東京，我這麼思考，可是連去都沒去過，也沒想過要去。對我來說，在這個一九九九年的東京，有黑社會橫行的澀谷、販賣貼身內衣褲的女高中生、市內二十四小時不斷發生的犯罪活動、以富士電視臺那用途不明的巨大銀球為代表的高樓大廈，差不多就是這些。接著浮現在腦海中的，是身穿夾克的遠野同學和腳穿松糕鞋、皮膚白皙、頭髮染成茶色的女高中生挽著手走在一起的情景。我急忙打斷了想像，這時，伊藤老師再次沉重地嘆息。

「喏，就是這樣，沒什麼好煩惱的吧！以妳的成績來看，不是讀專科就是短大，要不就是就業。父母同意的話就去九州上專科或短大，不成的話就在鹿兒島工作，這樣就行了。澄田老師沒對妳說什麼嗎？」

「還沒……」我輕聲回答之後又陷入沉默之中。思緒在內心翻騰。這個人為什麼要故意用廣播叫我啊！而且還提到姊姊……這人為什麼要在下巴留鬍子？為什麼要穿著拖鞋呢？總之，午休趕快結束吧！我這樣祈禱著。

「澄田，妳不說話怎麼行。」

「好的……對不起。」

「今晚跟妳姊姊好好商量一下，我也會跟她說的。」

真是奇怪，為什麼這個人總是做些讓我討厭的事。

我拚命划水，發現前方的大浪濺起白沫翻滾著向我靠近。在即將碰撞的瞬間，我立刻壓下衝浪板，潛入海中，在波浪裡穿梭。今天的波浪果然特別多。我重複著海豚式划水，想划到更遠的地方去。

——不是這裡。

這裡果然不行，要再更遠一點。我拚命擺動手臂，海水平緩而沉重。不是這裡、不是這裡——我在心裡如咒語般反覆唸著。

突然間，這句話和遠野同學的身影重疊在一起。

時常會有這樣的一瞬間，當我迎向波浪時覺得自己就像超能力者，什麼都能清楚地感應到。放學後超市旁無人的停車場、早晨的校園內，看著在這些地方發簡訊給某人的遠野同學，我能聽到他心裡發出「不是這裡」的呼喊。我都明白，遠野同學，因為我也是一樣的，心裡想著「不是這裡」。遠野同學、遠野同學、遠野同學——我無數次在內心呼喚。身體被波浪托起，努力想站起來的那一瞬間，我和突然被破壞的波浪一起被打進海中，嗆了好幾口海水。我慌忙地浮上海面，趴在衝浪板上劇烈地咳嗽起來。被海水嗆得涕淚交加的我，看起來就像在哭泣一樣。

開車回學校的途中，姊姊沒有提起關於志願的事。

晚上七點四十五分，我蹲在超市販賣飲料的地方。今天只有我一個人。雖然在停車場等了一會兒，但遠野同學沒有出現。這一天，什麼都不順利。

我還是買了優酪乳。靠著停在停車場上的機車，將甘甜的液體一飲而盡，然後戴上安全帽騎上機車。

我騎乘在高臺的小路上，眼角餘光看著還有一絲亮光的西方地平線。

在我左手邊下方的城鎮一覽無遺，視線穿過森林則能看到海岸線。右手邊是被農田隔開的小山丘，在這座平坦的島上，這裡是觀賞風景的絕佳地點，也是遠野同學回家的必經之路。要是騎慢一點，也許他會從後面追上來，又或者他已經在我前面了吧！引擎發出咳嗽般的聲響，突然停止運轉，接著又像什麼都沒發生似地恢復了。這輛車可以算是老爺車了。正當我默唸著「Cub，你沒問題吧？」的時候，停在前方路邊的機車映入眼簾。那是他的車！我很確定，害羞地將車子並排停著。

不知不覺地，我開始登上高臺的斜面，腳下是柔軟的夏日青草。糟糕，我到底在做什麼呀！要冷靜……那是他的車沒錯，可我這樣走近他是要做什麼啊！不去打擾他比較好吧！這麼做是為了我自己。我沒有停下腳步，踏上青草鋪成的臺階，走向視野開闊的前方，他就在那裡，背對星空坐在高臺上，用手機發簡訊。

一陣風兒吹過，吹動我的頭髮和衣服，讓我的心也跟著搖曳起來。草地發出聲音，我的心和它呼應，開始撲通直跳。我故意發出很大的聲響，希望藉此掩飾心跳聲。

「喂！遠野同學！」

「啊，澄田？妳怎麼來了？妳竟然知道這個地方啊！」遠野同學有點驚訝，大聲地向我打招呼。

「嘿嘿……我看到遠野同學的車就走過來了，不可以嗎？」我一面回答一面向他跑過去，並對自己說這沒什麼。

「啊，是嗎？真高興妳來了。今天在停車場都沒遇到妳。」

「我也是！」我邊用活潑的聲音回答他，邊放下肩膀上的運動背包，坐在他身邊。高興？這是真的嗎，遠野同學？我的心中感到陣陣刺痛，每次來到他身旁都會這樣。不是這裡，這句話又在心裡閃過。西方的地平線已經沒入黑暗之中。

風越來越大，眼前延伸的城鎮閃爍著燈光，遠處的學校也點起了燈，國道邊閃動著黃色燈光的信號燈下駛過一輛汽車，鎮上體育設施處的巨大白色風車不停地旋轉著。片片雲朵快速飄動，隱約能看到銀河和夏夜的大三角——織女星、牛郎星、天津四。耳邊傳來風的聲響，與吹動草木和塑膠棚的聲音、蟲鳴聲等交互混雜。迎面而來的風讓我逐漸恢復平靜，周圍滿是綠草的清香。

我坐在遠野同學身旁，望著這樣的風景，剛才劇烈的心跳已經平復了。能在這麼近的距離感受到他肩膀的高度，我真的很高興。

「遠野同學準備考大學嗎？」

「嗯，我準備考東京的大學。」

「東京……是嗎，你是這樣想的啊……」

「為什麼這麼問？」

「因為你要去很遠的地方啦！」我這樣說著，為自己的平靜感到吃驚。聽到遠野同學親口說要去東京，我應該會眼前一片昏暗才對啊！沉默片刻之後，我的耳邊再次響起他溫柔的聲音。

「……是嗎，那麼澄田妳呢？」

「啊，我嗎？我連明天的事都不清楚。」聽到這句話，遠野同學一定會很訝異吧？正當我這樣想的時候。

「也許，大家都是這樣的。」

「啊，不是吧？遠野同學也是這樣？」

「當然。」

「可是你看起來一點也不茫然啊！」

「怎麼可能。」他平靜地笑著繼續說：「我很茫然，只是做些自己能力所及的事，其他一點能力都沒有。」

我的心撲通撲通地跳著。在我身邊的男孩子正思考這樣的事，而且還願意跟我分享，真是讓我又高興又緊張。

「是嗎？是這樣啊……」

說完，我看著他的臉。一直凝視著遠方燈火的遠野同學，看起來像是一個無助的孩子。現在的我更喜歡他了。

——對了，最重要而且最清楚的事就是這個，就是我喜歡他這件事。從他的話語中我得到了力量。我很想感謝某人讓他誕生在這個世界上，比如他的父母，又比如神明。我從包包裡拿出志願調查表，開始折疊起來。風漸漸變小了，綠草的刷刷聲和昆蟲鳴叫聲也安靜下來。

「……這是，紙飛機？」

「嗯！」

我把折好的紙飛機朝城鎮的方向扔出。紙飛機飛得很遠，途中被急風捲起，然後消失在高遠而黑暗的天空中。層疊的雲朵間，白色的銀河清晰可見。

＊　＊　＊

怎麼這麼晚才回來？快去洗澡，不然會感冒的！姊姊這樣責備了我。我跳進浴缸，用熱水擦洗雙臂。手臂上隆起結實的肌肉，總覺得比一般的標準身材還更粗壯。真希望自己的手臂像棉花糖一樣柔軟。不過，連這件讓我很在意的事，現在也變得不重要了。我的心和身體一樣溫暖。高臺上的對話、遠野同學沉穩的聲音、臨別時對我說的話，現在仍在我耳邊迴盪。一回想起這些，就忍不住激動起來。我也知道自己現在一定面紅耳赤的。剛才真是好緊張！心裡邊想邊不自主地脫口喊出遠野同學的名字。這個名字在浴室中甜蜜地迴響著，融化於熱水的濕氣中。我回味這多彩多姿的一天，沉浸在幸福的想像中。

之後我們踏上回家的路，路上看到緩慢前進的巨大拖車。輪胎和我一樣高的大拖車拖著像游泳池一樣長的貨櫃，貨櫃上的大字寫著「NASDA／宇宙開發事業集團」。拖車有兩輛，前後由運輸車銜接，隨手持紅色引導燈的人們前進。他們在運送火箭。我以前只是聽說，這是頭一次親眼看到。不知是從哪個港口用輪船運來的火箭，慎重而緩慢地花了一個晚上的時間，被運到島嶼南端的發射基地。

「聽說時速是五公里。」我說出以前不知道在哪裡聽過的，拖車運送火箭的速度。「是啊。」遠野同學也呆呆地回答我，我們被這種景象給吸引住了。我完全沒想到能和遠野同學一起看到這種難得的景象。

之後過了一會兒，天空突然下起雨來，是這個季節很常見的傾盆大雨。我們急忙騎上車趕回家。我的車前燈照著遠野同學淋濕的背，那一刻，覺得自己和他更接近了一些。我家就在他回家的途中，我們一起回家的時候總是這樣，在我家門口互相道別。

「澄田。」臨別時，他拉起安全帽的面罩開口說道。雨越下越大，從我家透出的昏黃燈光照在他淋濕的身體上。透過緊貼在身上的襯衫看著他身體的線條，我的心狂跳不止。我的身體也是這樣吧？一想到這裡，心跳得更厲害了。
「今天實在很抱歉，讓妳被雨淋濕了。」
「別這麼說！這不是遠野同學的錯，是我自己要來的。」
「不過，能和妳說說話真好。明天見，小心別感冒了。晚安。」
「嗯。晚安，遠野同學。」
晚安，遠野同學。我在浴缸裡小聲地說著。

從浴室出來，看到桌上的晚飯是燉牛肉、炸鯛魚和間八魚生魚片。真是好吃，還讓媽媽幫我添了三碗飯。
「妳真能吃啊！」媽媽邊說邊把飯碗遞給我。
「吃得下三碗飯的女高中生，除了妳就沒別人了。」姊姊驚訝地對我說道。
「我肚子餓了嘛……對了，姊姊！」我把炸魚送到嘴裡，一邊津津有味地嚼著一邊問姊姊。
「今天伊藤老師跟妳說什麼了嗎？」

「是啊，是說了。」

「對不起，姊姊。」

「不用道歉，慢慢決定吧！」

「什麼？花苗，妳做了什麼事被老師罵了嗎？」媽媽一邊給姊姊倒茶一邊問我。

「也沒什麼大事啦！那個老師有點神經質。」姊姊若無其事地替我回答了。有這樣的姊姊真好。

這天晚上，我做了個夢。

那是撿到卡布時的夢。卡布不是本田 Cub 機車，是我家養的柴犬。牠是我小學六年級時在海邊撿到的。當時很羨慕姊姊有一輛 Cub 的我，就把撿到的小狗取名叫卡布。

不過，夢中的我不是小孩子，而是現在十七歲的我。我抱著卡布走在異常明亮的沙灘上，抬起頭，天空裡沒有太陽，而是繁星閃爍的夜空。紅色、綠色、黃色，各種色彩的恆星閃耀著，絢麗的銀河如光柱般橫越整個天空。我對這樣的場景發出驚嘆，突然有人從遠方走過來，那是一個非常熟悉的身影。

對今後的我而言，那個人將是十分重要的存在——突然間又變成孩子的我這樣想著。

對過去的我來說，那個人曾經是十分重要的存在——不知道什麼時候又變得和姊姊一樣大的我這樣想著。

醒來的時候，我忘了那個夢。

3

「姊姊，你是什麼時候拿到汽車駕照的？」

「大學二年級的時候，應該是十九歲吧！那時還在福岡。」

開車時的姊姊相當性感，我是這樣認為的——扶著方向盤的纖纖玉指、朝陽下閃閃動人的秀麗長髮、看後視鏡時的神情、換檔時的手勢。窗外吹來的風帶著一股姊姊頭髮的氣息。雖然我們用的是同樣的洗髮精，可是我總覺得姊姊的頭髮比較香。我扯著制服的裙襬。「姊姊……」看著坐在駕駛座上的她的側臉，她的睫毛好長啊！「我記得很多年前，妳帶一個男人回來過，好像是叫大林吧？」

「啊，是小林啦。」

「那個人怎麼樣了？你們以前是在交往嗎？」

「怎麼突然問這個?」姊姊覺得有點訝異。「我們很久以前就分手了。」
「妳有打算和他結婚嗎?和那個叫小林的。」
「有段時間是這麼想過,不過後來打消念頭了。」姊姊有點感傷地對我笑一笑。
「哦……」
為什麼?我忍住這個問題,問起別的事。
「那妳傷心嗎?」
「這個啊,畢竟是交往許多年的人了,而且還曾經住在一起。」
左轉進入連接海岸的狹長道路。朝陽直射而下,天空萬里無雲。姊姊瞇起眼睛,放下遮陽板。在我看來,她這個動作也很性感。
「不過現在想想,結婚並不是我們雙方的願望,這樣就算繼續交往下去,也找不到彼此心靈的方向,或是說共同的目標。」
「嗯。」我點點頭,表示十分理解。
「一個人所嚮往的方向和兩個人是不同的。不過,那個時候我們也努力想達成共識。」

「嗯……」

嚮往的方向——我在心裡默默重複著這句話。不經意地向窗外望去，發現路邊開滿了野生的鈴原百合和金盞花，炫目的白色與黃色，和我的衝浪衣是一樣的顏色。真是漂亮啊！

「怎麼突然這麼說？」姊姊看著我問道。

「不……沒什麼。」

我提出一個一直想問的問題。

「姊姊，妳在高中時交過男朋友嗎？」

姊姊笑了。

「沒有啊！和妳一樣。」姊姊回答。「花苗，妳真像高中時期的我啊！」

從那個下雨的夜晚和遠野同學一起回家之後，已經過了兩個星期。這段時間島上經歷過一次颱風。搖動甘蔗林的風產生一絲寒氣，天空變得更寬廣，雲的輪廓也變得柔和了。許多騎車的同學開始穿上毛衣。在這兩個星期裡，我一次都沒有和遠野同學一起回家，也一樣沒能乘上海浪。不過，最近我覺得衝浪比以前更有趣了。

「姊姊。」

我邊在衝浪板上塗防滑蠟邊和坐在駕駛座上看書的姊姊說話。車還是停在海岸邊的停車場，我換好衝浪衣，趁著早上六點半，離上學時間還有一個小時，到海裡去衝浪。

「嗯？」

「關於填志願的事……」

「嗯。」

我坐到車上，和姊姊背對著背說話。海面上停泊著類似軍艦的灰色大船，那是NASDA的船隻。

「雖然現在還不知道該怎麼做才好，不過沒關係，我已經決定了。」

塗蠟完畢，我把這肥皂般的塊狀物放到一邊，不等姊姊回答就繼續說道。

「我要從自己能力所及的事開始一點一滴做起。我走了。」

說完，我就抱著衝浪板，心情雀躍地衝向大海——只是做些自己能力所及的事——我想起遠野同學在那天說的這句話。

我知道，只能這樣做，這樣做就行了。

天空和海洋一樣蔚藍，我覺得自己好像漂浮在空無一物的空間裡，在努力划向大海時，心靈與身體、身體與海洋的界限模糊了。我划向海洋，幾乎無意識地計算著海浪的形狀與距離，判斷自己還沒準備好的時候，就將身體和衝浪板一起壓進水中，穿過海浪。覺得應該沒問題的時候，就等待著海浪的來臨。終於，我感受到衝浪板被浪托起的浮力，接下來發生的事讓我興奮不已。在波浪間穿梭的我直立起上半身，雙腳緊緊踩在衝浪板上，重心上移，試著站立起來。視野向上升起，這世界神秘的光輝一瞬間讓我盡收眼底。

下一個瞬間，我一定會被海浪吞沒。

不過我知道，這個巨大的世界並沒有拒絕我。從遠處看——比如，從姊姊的地方位置看來，我被這光之海洋包容著，所以我要再次划向大海。我不斷地重複著，這個時候大腦根本無暇思考。

這天早上，我成功地在海浪上站了起來。成功來得那樣突然，讓我無法相信，卻又如此完美。

如果短短的十七年也能稱做「人生」的話，我想，我的人生就是為這一瞬間而存在的。

* * *

我知道這首曲子是莫札特的《Serenade》，國中一年級的音樂會上我們全班合奏過，我負責口風琴，那是一種吹奏樂器。我很喜歡用自己的力氣吹奏出音樂的感覺。那時遠野同學還沒有進入我的世界，我也還沒開始練習衝浪。

回想起來，那時是多麼單純啊！

《Serenade》寫做小夜曲。我一直在想。「小夜」究竟是什麼啊？然而，在與遠野同學一起回家的路上，我似乎體會到「小夜」的意義。今天這首曲子，簡直就像是為我們而播放的。我的情緒高漲。遠野同學，今天一定要一起回家。放學後不去海邊了，就等他吧！今天只有六節課，由於大考將近，社團活動的時間也縮短了。

「花……」

嗯？

「欸，花苗。」

是沙希在叫我。十二點五十五分，現在是午休時間，教室裡的擴音器中傳出輕柔的古典音樂。我、沙希和有希子三人，像往常一樣一起吃午飯。

「啊，抱歉，妳剛才說什麼？」

「在發什麼呆啊？飯送到嘴裡就一直沒動過。」沙希說道。

「而且還不停傻笑呢！」有希子說。

我急忙開始咀嚼送進嘴裡的水煮蛋。

「抱歉，妳們在說什麼？」

「又有男孩子向佐佐木告白了。」

「啊，是啊，因為那個人長得很漂亮嘛！」我一面說著，一面再把燻肉送到嘴裡。媽媽做的菜真的很可口。

「花苗，妳今天好像心情很好喔？」沙希對我說。

「是啊！不過有點可怕哦，要是遠野同學看到妳這個樣子，一定會嚇得跑掉的。」有希子說。

今天我對她們的調侃完全不在意，只淡淡地答了一句「是嗎？」

「這孩子今天真的很奇怪耶！」

「是啊！難道，妳和遠野同學發生什麼事了嗎？」

「哼哼……」我回了她們一個意味深長的微笑。應該說是將要發生什麼。

「啊，不會吧！」

兩人不約而同地驚叫起來。有必要表現得這麼驚訝嗎？

我不會一直暗戀他。在成功踏上海浪的今天，我終於要對他表白了。

沒錯，如果在成功地站上浪頭的今天都無法對他說，那以後就更無法說出口了。

下午四點四十分，我走向走廊上女廁的鏡子。第六節課在三點半結束，我沒有去海邊，而是去了圖書館。當然，並不是為了念書。我雙手托腮，看著窗外的風景。洗手間裡十分安靜。頭髮變長了啊……我看著鏡子想道。後面的頭髮已經碰到肩膀了。上國中之前我的頭髮比現在還長，進了高中之後因為開始練習衝浪，我把頭髮剪得很短。當然，姊姊進入這所高中當老師也是原因之一，讓別人用一頭長髮的美麗姊姊跟自己做比較，是很難為情的。還會變得更長吧！我心裡這麼想著。

鏡子裡是我那張被太陽晒得黑裡透紅的臉。遠野同學的眼睛看到的我，究竟是什麼樣子呢？眼睛的大小、眉毛的形狀、鼻尖的高度、嘴唇的光澤、身高、發育、胸部大小等等。儘管有點失望，我仍然凝視著鏡中的自己，就像在一一檢查自己身上的零件一樣。

牙齒的排列、指甲的形狀，不管哪裡都好——我祈禱著，希望身上有個可以吸引他的部位。

下午五點三十分，停車場，我和平時一樣站在校舍後面。夕陽西下，校舍的斜影讓地面分為明與暗兩個部分。

我就站在明暗的邊界，靠近暗的那邊。天空雖然還是明亮的藍色，但已經比中午時稍微變淡了。剛剛還充斥在樹木間的熊蟬叫聲靜了下來，腳邊的草叢裡則響起各種昆蟲的鳴叫聲。我的心七上八下，猛烈的心跳可不亞於這些聲音。體內的血液奔騰，我做了個深呼吸，努力想讓自己平靜下來。可是，我實在太緊張了，緊張到忘了呼氣。猛然意識到這點時我重重地把氣吐出，這不規則的呼吸讓心臟跳得更厲害了。

——今天如果不說出口的話……今天如果沒說出口的話……我下意識不斷

從牆邊偷偷看著停車場。

於是，聽到遠野同學叫我的時候我非常欣喜，但又更感到困惑與焦急。我拚命忍住，不讓自己失聲叫出來。

「現在才回家嗎？」發現我站在牆邊偷窺的遠野同學和平時一樣，步伐平穩地走近停車場。我一邊向停車場走過去，一邊應了一聲「嗯」，就像做了什麼壞事被發現一樣。「是嗎，那就一起回去吧！」他的聲音依然那麼溫柔。

下午六點，我們並肩站在超市的飲料櫃，夕陽從西邊的窗子射入，照在我們身上。因為平常都是天黑之後才來，讓現在的我產生一種走錯店家的不安。左臉感受到夕照的餘熱，我的心想，這不是小夜曲啊！外面還很明亮，今天的我已經決定好要買的東西了。和遠野同學一樣的DAIRY咖啡。看到我毫不猶豫地拿起咖啡，遠野同學吃了一驚。「哎，澄田，今天決定得這麼快啊？」我沒有看他，只是回答一聲「嗯」。在到家之前必須向他表白。我的心跳得很厲害，希望店裡播放的流行音樂能蓋住我的心跳聲。

超市外的世界已經被夕陽塗上光與影兩種色彩。從店門走出來的地方是光，轉過超市的牆角，停放著機車的小停車場是影。我看著單手拿著咖啡、走向影之世界的遠野同學背影。光是看著那白色襯衫下比我寬闊的背，就足以讓我感到陣陣心痛和焦急。我跟他距離大約四十公分，然後縮短為五公分，突然心中湧起一股強烈的寂寞感。等等！我的內心吶喊著，伸出手抓住他的衣角——糟糕！但是，我現在就要對他表明我的心意。

他停了下來。然後慢慢回過頭看著我——不是這裡——我彷彿聽到他內心這樣說著，頓時恐懼感籠罩著全身。

「妳怎麼了？」

我的內心深處再次顫抖。他的聲音平靜、溫柔而冰冷。我不禁抬起頭看著他的臉，看著他那沒有一絲笑意的臉，以及充滿堅強意志的平靜眼神。

結果，我連一句話都沒說出口。

什麼都別說了，他內心這樣強烈地拒絕我。

＊　＊　＊

暮蟬的鳴叫聲在整座島上迴盪著。遠處的樹林裡，傳來為迎接夜晚做準備的鳥兒們繚亮的啼聲。夕陽未完全西沉，餘光將踏上歸途的我們染成豐富的紫色。

我和遠野同學走在甘蔗園和紅薯地之間的小路上。從剛剛到現在我們一句話也沒說，只有兩個人的腳步聲。我和他之間只有一點五步的距離，我努力讓自己不要離他太遠也不靠得太近。他的步伐很寬。我偷偷看著他的臉，心想他是不是在生氣，不過他的表情和平時一樣，抬頭望著天空。我低下頭，看著自己柏油路上的影子，想起停在超市的機車。我並不是故意要把車子扔在那裡的，可是卻覺得有點後悔，好像自己做了什麼殘忍的事一樣。

忍住告白的話語之後，機車突然無法發動，就像在呼應我的心情。無論怎麼催油門、怎麼踹，引擎都沒有反應。遠野同學對騎在車上、心急如焚的我很溫柔，剛才那冰冷的表情簡直就像根本沒出現過，這讓我不知所措。

「大概是火星塞壽終正寢了吧。」遠野同學檢查了我的車說道。「這是家裡留下來的？」

「是的，姊姊給我的。」

「加速時有沒有頓頓的？」

「好像有吧……」說起來，最近引擎感覺有時會卡住。

「今天就把車停在這裡吧！記得叫家人來牽回去。我們走路回去吧！」

「啊！我一個人走就可以了！遠野同學你先回去吧！」我連忙回答他。

我不想給他添麻煩。不過，他還是很溫柔地說道。

「到這裡離家就很近了，而且我也想走路回去。」

突然有種想哭的感覺。看著凳子上並排擺放的兩盒咖啡，在那一瞬間，我覺得他也許並不是拒絕我。可是……

那是不會錯的。

為什麼我們要默默地走著？每次都是遠野同學你先說要一起回家的啊！可為什麼你一句話也不說呢？為什麼你總是對我這樣溫柔？為什麼你會出現在我的世界裡？為什麼我會如此喜歡你？為什麼為什麼……

夕陽下，閃閃發光的柏油路在我的腳下延伸——拜託了，遠野同學，拜託你了。我再也無法忍受，淚水從眼中滑落。我用雙手擦掉眼淚，可是淚水仍停不住地掉下來。要在他發現之前停止哭泣！我拚命忍住嗚咽聲，可是還是被他發現了。他用溫柔的語調問我。

「……澄田，妳怎麼了？」

對不起，不是你的錯，我盡力想組織起連貫的話語。

「對不起……我沒事，對不起……」

我停下腳步低著頭繼續哭泣，我再也忍不住了。澄田，遠野同學悲傷的低語傳到我的耳邊。這是他到現在為止隱含最多思緒的一句話，聽起來是那麼的悲傷，這讓我更難受了。暮蟬的鳴叫聲比剛才更大。我在心裡吶喊——遠野同學，遠野同學，拜託你了，請你……

——不要再對我這麼溫柔了。

瞬間，暮蟬的叫聲如退潮般安靜下來，整座島籠罩在一片寂靜之中。

而下一瞬間，轟鳴聲震撼了大地。我驚訝地抬起頭，濕透的眼眶中映出的是從遠處山丘升起的火球。

那是升空的火箭。噴射口發出的光芒炫目耀眼，正在上升。火箭噴出的火焰震動大氣，讓晚霞的雲層發出比夕照更明亮的光輝。火箭繼續上升，其後的白煙形成了一串煙塔，巨型煙塔遮蔽了夕陽，將天空劃分為光與影的兩個世界。光芒和煙塔無盡地延伸，震動著佈滿天際的大氣粒子。轟鳴的聲響在大氣中迴盪不絕，如同天空被劃破時發出的悲鳴。

看到火箭消失在雲間，這大概僅僅是幾十秒內的事。

可是，我和遠野同學都一句話也沒說，站在那裡望著天空，直到高聳入雲的煙塔消失在視線中。鳥兒、昆蟲和風的聲音又響了起來，夕陽正緩緩沒入遠方的地平線。天空的最上方開始變得更藍了，星辰閃爍著，皮膚感受到的溫度稍微下降。突然間，我清楚地意識到。

我們仰望著同一片天空卻看著不同的地方，也意識到遠野同學並沒有看著我。

遠野同學很溫柔，總是溫柔地走在我身邊，卻總是看著前方或更遙遠的方向。現在的我像擁有超能力般清楚地知道，遠野同學的希望一定還沒有實現，也清楚地明白我們在將來不可能一直在一起。

＊　＊　＊

歸途的夜空中懸掛著一輪圓月，如同白晝一般，蒼白地映照著風中的流雲，在柏油路上投射出我們兩人的黑色身影。抬起頭，電線從滿月的正中央橫切而過，就像今天一樣。無法乘上海浪的我以及站上海浪後的我，不知道遠野同學心思的我以及知道後的我。昨天和明天，我的世界會是不一樣的。從明天開始，我將生活在和以前不同的世界裡。

即使如此——在電燈熄滅的房間裡，我鑽進被窩，看著黑暗中灑落在屋裡的月光，再次溢出的淚水滲入月光。淚水不斷湧出，我開始小聲地抽泣。隨著奔湧而出的淚水，我再也忍不住放聲大哭。

即使如此。

即使如此，明天、後天以及將來，我也依然喜歡著遠野同學。我果然是不可救藥地喜歡上他了。遠野同學，遠野同學，我喜歡你。

想著遠野同學，我含著淚水進入夢鄉。

第三話　「秒速5公分」

1

那天晚上，她做了個夢。

夢到很久很久以前，那時她和他都還只是孩子。某個雪花無聲飄落的寂靜夜晚，兩人在一片被雪覆蓋的廣闊田園裡，遠處可以望見農舍零星的燈光，越積越厚的雪地上，只有他們留下的腳印。

有一棵大櫻花樹孤立在那裡。這棵樹看上去比它周遭的黑暗還要深沉，就像在一個空間裡突然裂開的黑洞。他們在樹前站定，凝視深色的樹幹與樹枝，以及自枝椏間輕柔落下的無數片雪花。她想像著未來的人生。

身邊這個到現在一直支持著她，同時也是她最喜歡的男孩即將遠行，而她已接受了這個事實。數週前接到他的來信，聽說他要轉學的時候，她就開始不停地思考其中的意義。即使如此……

即使是這樣，每當一想到將會失去身邊這熟悉的身影和溫柔的氣息，一種彷彿窺視著無邊黑暗的不安與寂寞便包圍了她。夢中的她想著，這感情明明早已消散，但為什麼到現在還如此清晰深刻？要是那雪片能變成櫻花該多好，她這麼想著。

現在要是春天就好了，那樣我們就能平安度過那個冬季，迎來春天，住在同一個城市，在回家的路上欣賞櫻花。如果那時是這樣的季節該有多好。

這天夜裡，他在房裡看書。

已經過了凌晨十二點，他躺在床上，卻怎麼也睡不著，於是他乾脆從床頭的一堆書中隨手抽出一本，一邊喝著罐裝啤酒一邊讀了起來。

寒冷而安靜的夜晚。他打開電視當作背景音樂，深夜播放的電影，聲音在屋內輕輕地流洩，半開的窗簾外是數不清的街燈和不停落下的雪花。那天中午一過就下起雪來，雪時而變成雨，時而又化作雪，直到黃昏才凝結成大片的雪花，開始真的降雪。

發現自己無法集中精神讀書，他關上電視，四周便顯得特別安靜。末班電車早已開走，外面沒有車聲和風聲，他能清晰感覺到牆外的雪片正在飄落。

忽然，一種久違的、似乎被什麼溫暖的東西守護的感覺又出現了。正在思索原因時，他想起很久很久以前的那個冬天看到的櫻花樹。

……那是幾年前的事情了？從中學一年級到現在，已經快十五年了。

一點睡意都沒有。他嘆了口氣闔上書本，將剩餘的啤酒一口喝乾。

三個星期之前，他離開服務將近五年的公司，第二份工作還沒有眉目，他開始了整天無所事事的生活。雖然如此，他卻覺得這些年來內心從來沒有這麼平靜過。

……我到底是怎麼了？他在心中自言自語，起身將掛在牆上的外套披在身上（旁邊還掛著西裝），到玄關換鞋，拿著塑膠傘走出大門。落在傘面上的雪花發出輕微的聲音，他緩慢地走了大約五分鐘，來到附近的便利商店。

他把裝有牛奶和配菜的提籃放在腳邊，在雜誌欄前猶豫了一下，拿起《科學月刊》隨意翻閱起來。這是他高中時期最愛的雜誌，但已經很久沒看了。雜誌上刊登著逐漸融化的南極冰層、銀河間重力牽引、新粒子被發現，還有奈米粒子與自然環境的相互作用等文章。他一邊粗略地翻閱，一邊對這世界仍充滿著許多發現與冒險感到訝異。

突然間他覺得這種感覺似乎似曾相識，好像很久前就經歷過一樣。他吸了口氣，發現到為什麼了。啊啊，是音樂的關係。

店內的有線電視正在播放過去——大概在他讀初中時——最熱門的歌曲。令人懷念的旋律縈繞在耳邊，映入眼簾的是雜誌裡的世界，不知不覺中，自己原本以為早已遺忘的各種情感泉湧而出。一直到情緒逐漸緩和下來，他心中那細微的漣漪從未間斷過。

走出店門口之後，內心仍存在一股熱流。很久沒這樣的感覺了，他想，這才是自己真正的心情吧！

凝視從夜空中飄落的片片雪花，他想著，這將變成櫻花的季節。

2

遠野貴樹從種子島的高中畢業後，前往東京去唸大學。為了上學方便，他在距離池袋站步行約三十分鐘遠的地方租了一間小小的公寓。雖然從八歲到十三歲一直都住在東京，但除了當時所在的世田谷區，他對東京沒有更多的記憶，世田谷以外的東京對他而言就像一片陌生的土地。和他度過青春期的小島居民相比，他覺得東京人野蠻、冷漠而且言辭粗魯。人們會在街上若無其事地吐痰，道路兩邊散落數不清的菸蒂和小垃圾。為什麼地上會有那麼多飲料瓶、雜誌和便利商店的便當盒？他不明白。在他的記憶中，東京應該是個更和諧、更高雅的城市。

不過那都無所謂了。

總之自己以後就要在這裡生活了，他這麼想著。經歷兩次轉學，他學會如何讓自己融入一個新的環境。而且，他已經不再是一個軟弱無能的孩子了。拉著父母的手，從大宮開往新宿的電車中看到的景色，和自己熟悉的山間風景完全不同。他覺得這裡不是自己該逗留的地方。但數年後，從東京轉學到種子島時，他還是感受到那種被環境抗拒的感覺。飛機降落在島上的小機場，他從父親駕駛的車裡眺望除了田地、草原、電線桿之外空無一物的風景時，心裡對東京滿懷強烈的鄉愁。

說到底，去哪裡都一樣。而且這次是我自己想到這裡來的——裝行李的紙箱在屋裡堆得滿滿的，還沒被打開——他望著窗外東京的街景，心裡這麼想著。

四年大學生活沒什麼可說的。雖說理學院的課程很多，大部分時間都要用來學習，但除了必要的時間，他都不曾去學校。他把其他時間用來打工、一個人看電影、逛街等等。在為了上學而走出公寓的日子，若情況允許他也會蹺課，到前往池袋站途中的小公園看書消磨一整天。公園裡來往的人數之多和類型之雜讓他目眩，不過也很快就習慣了。在學校和打工處認識了幾個朋友之後，其中大多數也隨著時間流逝而漸漸疏於聯絡，但也有少數人和他成為很熟識的朋友。有時他會叫上一兩個朋友到自己家或對方家裡，邊抽菸邊喝些廉價酒，徹夜聊天。經過四年時間有些價值觀悄悄發生了變化，但有些價值觀卻比以往更加牢固。

大一那年的秋天，他交了女朋友。是他在打工時所認識，一個跟他同年紀，老家在橫濱的女孩。

那個時候，他透過大學生協（註1）得到打工的機會，在午休時賣便當。他本想在校外找份工作，但因為學業太忙，這份能利用短短的午休時間賺錢的工作還算合適。第二堂課結束的十二點十分剛過，他就必須跑向學生餐廳，將倉庫內裝著便當的箱子拖出，搬到販賣點。負責賣便當的人有兩個，

1　生協，全名叫做「生活協同組合」。類似各行業組成的工會或聯合會，大學生協由學生與教職員組成。

約一百個便當大概三十分鐘就會賣完。離第三堂課還有大約十五分鐘時，兩人會坐在餐廳的餐桌邊匆匆地吃午飯，這樣的工作進行了大概三個月。他的搭檔，就是那個橫濱女孩。

她是他第一個女朋友。事實上，有很多事情都是她教會他的。在與她度過的日子裡，他嘗到了從未有過的喜悅和痛苦。她也是第一個與他發生關係的女孩。人類原來擁有這麼多的感情——其中分為自己能夠控制和不能控制的，但不能控制的居多，嫉妒和愛情都不能由自己的意志決定——他第一次明白。

和女孩的交往持續了一年半。一個他不認識的男生向那女孩告白，是兩人分手的原因。

「雖然我到現在還是很喜歡遠野，但遠野好像並不是那樣喜歡我。這我明白，我已經無法忍受了。」女孩這樣說著，在他懷裡哭了起來。沒這種事，雖然他這樣回答，但還是覺得她會有這種想法自己也有責任，所以他放棄了。他這才明白，心痛的時候連身體也會感到強烈的疼痛。

他現在還記得那個女孩，因為彼此還沒交往前，兩人一同坐在學校餐廳的餐桌邊急忙吃午餐的樣子讓他印象太過深刻。他總是吃些速食品，而她總是從家裡帶來小小的手作便當。她穿著打工服，細細咀嚼便當的最後一粒米。雖然她的飯量連他的一半都不到，但每次都吃得比他慢。當他用這件事來調侃她的時候，她有些生氣地回答。

「遠野你也吃慢一點啊，真浪費。」

直到很久以後他才意識到，她說浪費指的是兩個人一起在餐廳度過的時間。

第二位與他交往的女性，同樣是在打工時認識的。大學三年級時他擔任補習班講師的助理，每週有四天他得在上完課之後趕到池袋站，搭山手線到高田馬場，然後轉乘東西線前往補習班所在的神樂坂。小小的補習班裡只有一位數學講師和一位英語講師，打工當助理的人連他在內卻有五個。他是數學講師的助理。數學講師大約三十五歲左右，看上去年輕而有親和力，與妻子在市中心成家，工作非常嚴謹，教學能力和魅力讓他的人氣相當高。這位講師把為應付考試而變得枯燥乏味的數學有效率地教授學生們，但同時也將數學的意義和魅力巧妙地帶入課堂中。由於擔任這種講師的助理，加深了他對大學裡所學的解析學的理解。也不知道為什麼，講師對他非常欣賞，只有他這個學生助理不須做些點名和計算分數之類的雜務，而將一些課堂講義的草稿和試卷分析這類重要的工作交給他，他也盡其所能去完成這些工作。因為這些工作非常重要，所以薪資待遇也不壞。

學生助理中有一個女孩，是早稻田的學生。她長得很漂亮，外貌比他身邊任何一位女性都突出。她有一頭美麗的長髮、一雙大到令人驚訝的眼睛，個子雖然不算高但身材出眾。他覺得她有種野性美，猶如精悍的小鹿、或是飛翔在高空的小鳥一樣。

她理所當然的成為眾人矚目的焦點，無論是學生或講師，只要一有機會就會頻頻上前和她搭話，但他卻總是避得遠遠的（純粹欣賞自然是不錯，因為若隨隨便便就和她說話，會覺得她美得有點不真實）。或許正因為這個原因，他發現自己對她產生了某種——說得極端一點，就是某種扭曲的觀感。

無論是誰向她搭話，她都會毫無例外展現自己充滿魅力的笑容作為回應，但除非必要，她絕不會主動找別人搭話。而周圍的人們並沒有注意到她的孤獨，反而因為她這種特質將她想像成一個非常可愛的女生。

「她雖然是個美女，但卻不高傲，是個謙遜的人。」這就是大家對她的評價。他覺得很不可思議，但並不打算糾正這種說法，也並不想知道會讓大家這樣認為的原因。如果她不想與人交往的話，那就隨她去。人有百百種，無論是誰多少都會有一點扭曲的思想。還是不要給自己惹上麻煩的好，他這樣想著。

不過那天，他不得不和她有了接觸。十二月，耶誕節前某個寒冷的冬天。那天數學講師因為有急事回家，只剩下他和她兩個人在補習班裡準備講義的內容。他們一起待了大約一個小時之後，他才發現她有些不對勁。當時埋頭設計試題的他感覺到一種奇妙的氣氛，不由得抬起頭來。然後他看見對面座位上的她正垂著頭，微微顫抖，眼睛雖然對著手上的紙睜得大大的，但很明顯心不在焉，額頭上還滿是汗珠。他吃驚地問她卻沒得到任何反應，於是他只得站起身，搖晃她的肩膀。

「喂，坂口！妳怎麼了？沒事吧？」

「……藥。」

「啊？」

「藥，我要吃藥，給我水。」她的語氣異常平淡。他急忙跑出房間，在補習班走廊上的自動販賣機買了茶，打開，把茶遞給她。她顫抖著從腳邊的包裡取出一包藥。「三顆」，她說。他將三顆黃色小藥片取出，送進她的口中，餵她喝茶。當指尖觸碰到她的嘴脣時，他感覺到驚人的熱度。

他和這個女生只交往了短短三個月。即使只是這樣，她還是讓他留下無法抹滅的痛苦。他想，她一定也留下同樣的痛苦。那是他第一次如此迅速地喜歡上一個人，也是第一次知道，原來人可以如此憎恨曾經深愛過的人。前兩個月裡兩人都在思考如何讓對方更愛自己，而第三個月，兩人則都在思考該如何給對方留下決定性的痛苦。虛幻般的幸福和恍惚的日子結束後，備受煎熬的每一天幾乎無法向任何人啟齒。彼此對對方說出的，全是不該說的話。

——但是，這還真不可思議啊！他想。明明發生那麼多的事，她留給他最深的印象卻還是兩人交往前的十二月的那天。

那個冬天晚上，她在吃完藥不久後臉上就恢復了生氣。他大大地吸了口氣，就像正目睹什麼不可思議的景象，比如眼看著世界上獨一無二、誰都不曾見過的花苞綻放的情景。他強烈地感覺到自己不能再一次失去這樣的存在，即使她正與數學講師交往，也都沒有關係。

＊　＊　＊

大學四年級夏天，他才後知後覺地開始找起工作。和她在三月分手之後，直到夏天他才有了重新回到人群中的心情。同時在親切的指導教授非常熱心的幫助下，他的工作在秋天就確定了。雖然眾人看不明白這算是他真心想做的工作，還是不得不做的工作，但不管怎麼說，自己總是得去工作。比起留在大學當個研究學者，還是嘗試一下不同的世界更好。他覺得自己在同一個地方逗留得太久了。

畢業典禮結束後他回到房間，行李都已經裝箱，屋內顯得空蕩蕩的。東面廚房的小窗外是古老的木質建築，再往前是被夕陽染上金色的高樓；從南面的窗戶望出去，能遠遠看到夾雜在公寓裡的新宿高樓群，那些超過兩百公尺高的建築物，會隨時間和天氣展現不同的表情。就像山峰總是最早迎來日出一樣，高層大樓也會最先反射出朝陽的光芒；就像在狂風大作的海上遠遠望見的海岸一般，高樓群在下雨天也彷彿將身影淺淺地滲進了大氣之中。四年來，他總是抱著各種想法眺望著這樣的景致。

窗外，黑暗終於開始降臨。街道上的無數燈光炫耀似的亮了起來。

他將紙箱上的菸灰缸往自己拉，從口袋中取出一根菸，點上火，整個人鬆垮垮地坐在地上，一邊吞雲吐霧，一邊注視著那些透過厚厚的大氣層在天上閃閃發光的物體。

要在這座城市活下去，他想。

3

他服務的公司是三鷹某個頗具規模的軟體開發企業，職務是系統工程師。他被分派到行動通訊解決方案部門，主要客戶是資訊類從業者和終端製造商，他在開發手機資訊終端軟體的一個小組裡工作。

一開始他便了解到，編寫程式這項工作很適合他。雖然這份工作很孤獨而且需要忍耐和集中力，但工作的結果絕不會違背自己所付出的勞力。如果程式沒有正常運行，那麼原因毫無疑問就出在自己身上。經過反覆思考和檢查，將能夠確實啟動的某種東西——長達數千行的程式——製作出來，這給了他從未有過的喜悅。因為總是忙於工作，幾乎每天都半夜才回家，讓他不禁要抱怨如果一個月能有五天休假就好了，不過就算如此，他還是會連續數小時不厭其煩地坐在電腦前工作。在以白色為基調的簡潔辦公室，屬於自己的小天地裡，他日復一日樂此不疲地敲打著鍵盤。

不知是這類工作常有的現象還是他所屬公司特有的情況，公司同事除了一些必要交流之外根本沒有其他溝通。任何小組都沒有在工作結束後一起去喝一杯的習慣，連午飯都是各自坐在位置上吃便利商店的便當，離開公司時甚至不會互相打招呼，就連開會時的必要溝通也是通過公司郵件進行的。寬敞的辦公室總是充斥敲擊鍵盤的聲音，每個樓層明明都有一百多人，但卻只感受到微薄的人氣。一開始因為這裡和大學的情況差距實在太大，讓他覺得很疑惑——大學時他和別人的關係也算不上多好，只是經常閒聊，而且常沒事就一起喝酒——不過也很快就習慣了這種沉默的環境，再說他原本就不是個話多的人。

下班後，他在三鷹站搭上接近末班車時間的中央線，在新宿下車後回到位於中野坂的小公寓。實在太累時，他也會搭計程車回去，但也需要先步行三十分鐘以上才能招到車。他畢業後搬進公寓，比起公司所在的三鷹，這裡的租金更便宜些，何況他也不太願意住得離公司太近，最重要的是，從池袋這間公寓能遠眺西新宿的高樓，他渴望接近那裡的心情非常強烈。

或許就是因為這樣吧！他最喜歡每天乘坐電車經過荻窪周邊時，看著窗外西新宿的高樓群露出身影，然後逐漸向他靠近。那個時段的電車總是很空，包覆在西裝裡的身體經過一天的勞累之後，心裡總是感到非常充實。每當注視著公寓背後那些時隱時現的高樓群，伴隨耳邊電車頗有節奏的喀答、喀答聲，高樓群便彷彿真的出現在眼前一般。東京的夜空總是明亮得令人費解，高樓在天空的映襯下如同一個巨大的黑影，到這時間仍有人在工作的窗，透出美麗的燈光，不停閃爍的紅色航空警示燈就向在呼吸一樣。看著眼前的景色，他意識到自己依然朝著某種遙遠而美麗的東西前進，不禁有點顫抖。

第二天早晨，他前往公司，在公司餐廳的自動販賣機買了一罐咖啡，打完卡，坐在自己的位置上打開電腦。趁系統啟動時一邊喝咖啡一邊確認這一天的工作計畫，然後移動滑鼠，將幾個必要的程式打開，手放在鍵盤上，思考出幾個計算方案，選擇合適的，使用ＡＰＩ構建流程。滑鼠指示位置、編寫軟體和脫字元號完全如自己所預想的。透過ＯＳ的ＡＰＩ，更基礎的中間設備，甚至是更基礎的硬體，晶片，他充分發揮自己的想像力，駕馭虛擬的電子世界。

就像他如此熟練編寫程式一樣，他對電腦也抱持相當敬畏的態度。雖然對一切支撐半導體技術的量子理論不甚瞭解，但現在由於工作關係接觸了電腦，並且能運用自如之後，他對自己手中這個道具的複雜性，以及將此道具變成現實的人感到驚嘆不已，甚至覺得這已經幾近於神秘了。世界上有為了記述宇宙而誕生的相對論，有為了運用納米技術而產生的量子論，而在人們考慮將這些統一為超弦理論的現在，使用電腦的行為就像觸及了某種世界的祕密一般。而在這個世界的祕密中，包含許久以前早已失去的夢想和思考、喜歡的地方和放學後聽的音樂、與那獨一無二的女孩無法實現的約定等等此類事物的連結通道——雖然不明白為什麼，但就是有這種感覺。所以他抱著尋回某種重要的東西的確實感，埋首於工作中。就像一名孤獨的演奏者與樂器進行深度對話一般，他不停敲擊著鍵盤。

就這樣，進入社會後一眨眼過了數年。

一開始他覺得很久沒有這種每天有所收穫的感覺了，就像中學時，身體開始向成熟進化時的那種自豪——肌力和體力越來越好，虛弱的體質一天天逐漸改善——那種令人懷念的感覺就像他愈加熟練的程式編寫技術，他的工作也漸漸得到大家的認可，相對的，收入也就越來越高。他大約每一季會為自己買一套新西裝，假日就在家裡打掃或讀書，每半年約一次以前的朋友出來喝酒。朋友的數量還是那幾個，沒多也沒少。

每天早上八點半出門，深夜一點多回到家。

這樣的生活周而復始。電車窗口外的西新宿高樓，無論什麼季節什麼天氣，都依舊美得令人驚嘆。隨著年齡的增長，這種美也越顯奪目。

偶爾在內心深處，他會覺得有某種東西被這種美所觸動。但那東西究竟是什麼，當時他還無從得知。

＊　＊　＊

遠野先生！新宿站月臺裡有人這樣叫著他的名字。那是一個難得放晴的梅雨季節的周日午后。

喊他的人是一位戴著駝色寬幅太陽帽和眼鏡的年輕女性。乍看之下他沒反應過來對方是誰，但她那種充滿知性的氣息讓他覺得似曾相識。

「是在某某公司工作吧？」看他沒有反應，這位女性說出了公司名，這下他才恍然大悟。

「啊，嗯，你是吉村那個部門的吧？」

「我是水野。太好了，你想起來了。」

「抱歉，之前見到妳的時候妳都穿套裝。」

「也是，而且今天還戴了帽子。我一眼就認出遠野你了。你穿便服真像個學生呢！」

學生？她這樣說應該沒有貶意吧？他一邊想著一邊很自然地和她並肩走向樓梯。其實，水野這樣的裝扮才更像大學生。茶色V字涼鞋露出的腳趾上，淡粉色的指甲油閃閃發光。她叫什麼來著……嗯，水野。上個月他到客戶公司交差，她是對方負責人的下屬。彼此見過兩次面，雖然只交換了名片，但他卻記住她認真的態度和清澈的聲音。

對啊，記得她應該是叫水野理紗，名字和她本人一樣乾淨。他走下樓梯，邊走向車站出口右轉邊問道。

「水野也是從東口出去嗎？」

「嗯，是的，都可以。」

「都可以？」

「是啊。其實我接下來沒有要去哪裡，但既然天氣這麼好，雨也停了，就想不如去買個東西。」她邊笑邊說，他也跟著笑了起來。

「我也是。那，可以的話，不如一起去喝杯茶吧！」聽他這麼說，水野也笑著回答，好啊！

兩人在東口附近地下街的某個小咖啡館喝咖啡，聊了大約兩個小時，交換聯絡方式後道別。

一個人走在書店的書架間，他覺得喉嚨有點累得發麻。想起來，好像已經很久沒有和誰說過那麼久的話了。他再次發現，對方明明可以算是個陌生人，但他卻能跟她不停地聊了兩個小時。或許是因為工作專案已經結束，自己放鬆下來的關係吧！他們聊到彼此的公司、住的地方，還有學生時代的事。雖然沒有什麼特別的話題，但他卻和她聊得非常投機。他覺得，心裡好久沒有覺得這麼溫暖了。

一個星期後，他發簡訊邀請她吃晚餐。他早早收拾完手頭上的工作，和她在吉祥寺碰面，一起吃了飯，十點多才各自回家。再下一個星期，她主動約他出去吃飯，又再下一個星期日，他邀請她去看電影然後一起吃飯。就這樣，兩人的距離逐漸縮短了。

水野理紗是那種會讓人感覺越看越舒服的女性。雖然她的眼鏡和黑髮讓人乍看之下覺得有點太過樸素，不過她的五官長得非常精緻。她那端莊的衣著、不多的話語以及總是含羞帶怯的舉止，甚至會讓人覺得「她不想讓別人看到自己漂亮的一面」。她小他兩歲，性格直率而坦誠。她從不大聲說話，聊天時總保持著緩慢而令人愉快的交談速度。和她在一起時，他會覺得很放鬆。

由於她住在西國分寺附近，公司也在中央線上，所以兩人總是在沿線約會。無論是在電車裡不經意碰觸的肩膀、吃飯時會將自己的食物分給他的舉動，還是並肩走在路上的步調，他都能清楚感覺到她對自己抱持的好感。他們彼此都明白，無論是誰提出進一步的交往，對方都不會拒絕。但即使如此，他還是不知道自己該不該這樣做。

到現在，自己——目送她走向吉祥寺站反方向的月臺時，這樣思考著——在喜歡上一個人的時候，總會覺得熱情來得太快，然後又很快就被消耗，接著失去對方。他不想讓這種事再重演了。

＊　＊　＊

那年夏末，在一個下雨的夜晚，他在自己房裡看到Ｈ２Ａ火箭發射成功的新聞。

那天濕氣很重。雖然門窗緊閉，空調也調到最低溫，但濕氣還是隨著雨滴聲和車輛駛過道路的水聲偷偷溜進了房間。電視畫面出現他過去居住的種子島的宇宙中心，Ｈ２Ａ發射升空的影像。畫面切換，螢幕上出現的是用高倍望遠鏡捕捉Ｈ２Ａ越飛越高的鏡頭，再來是從安裝在火箭上的鏡頭所拍攝，從火箭上俯視輔助衛星的景象。透過雲層，可以看見越來越遠的種子島全景，他在高中時期居住的島嶼和它的海岸線，在畫面中一目了然。

突然內心湧上一股不寒而慄的感覺。

然而看到這些影像，他不知道自己該作何感想。種子島已經不是他的故鄉了，爸媽在很早以前就因為工作調到長野去，或許會在那裡定居了吧。他只是那座島的一個過客。他一口喝光開始變溫的罐裝啤酒，體會苦澀的液體滑過喉嚨進入胃裡的感覺。年輕的女播報員面無表情說明，這是一顆用來做為移動終端的通訊衛星——也就是說，這顆衛星其實和他的工作也算有點關係。不過他卻無動於衷，反而覺得自己像是被帶到一個遙遠的地方。

第一次看火箭發射是在十七歲，那時身邊有個身穿制服的女孩。雖然和他不同班，不過兩人的關係很好。或者應該說，是那女孩非常喜歡接近他。她叫澄田花苗，是個喜歡衝浪，皮膚被晒得黝黑的活潑可愛少女。

將近十年的歲月，感情的起伏也撫平了，但每當想到澄田時，他還是會覺得心有點痛。她的背影與汗香、聲音、笑容和哭泣的表情，有關她的一切，都會勾起他青春期住在小島上的那些顏色、聲音與氣味的回憶。這份感情讓他有些感到後悔，不過他也明白，當時除了那樣也別無他法。澄田為什麼喜歡他、她無數次幾乎要告白，卻由於他的情緒使她總是沒能把話說出口，以及觀看火箭發射時瞬間的壓迫感，還有之後她的放棄。一切他都清楚地看在眼裡，但他還是什麼都沒做。

為了上大學而飛往東京前，他只將飛機起飛的時間跟她說。出發那天是三月一個晴朗卻颳著大風的日子。在小小的機場停車場裡，兩人最後簡單聊了幾句。對話時斷時續，澄田一直哭，不過道別的時候她還是笑了。他想，或許在那個時候，澄田已經變得比他更成熟、更堅強了吧！

自己當時有沒有以笑容回應她呢？他已經想不起來了。

深夜兩點二十分。

為了明天要準時上班，現在不得不睡了。新聞早就結束，不知什麼時候播放起電視購物節目了。

他關上電視刷完牙，將空調設定一小時後關閉，關上燈躺到床上去。枕邊正在充電的手機閃起小小的光亮，告訴他有簡訊。打開手機，螢幕的白光微微照亮房間。是水野約他出去吃飯。他躺在床上，閉上眼睛。

眼睛裡浮現出各種花紋。因為視神經會將眼球受到的壓力識別為光，所以人類是無法看到真正的黑暗的——這是誰跟他說的呢？

……這麼一說，他想起自己有一陣子總會用手機寫簡訊，但那些簡訊從不發送給任何人。一開始，那是給一個女孩子的簡訊——他不知道她的郵件地址——不知什麼時候彼此斷了聯繫的女孩。當自己無法寫信給她，但內心的感情又無法平復下來的時候，他就會寫簡訊，當作是要發給她的，但每次寫完又總是直接刪除。那段時間對他來說就像是準備階段，就像是為了獨自進入社會而做的暖身助跑。

但接著，那些簡訊就不再為任何人而寫，它變成了他的自言自語。然後，這種習慣消失了。當察覺到這一點的時候，他認為這代表準備階段的結束了。

無法再為她寫信了。

她的信，他再也收不到了。

——這樣想著，他清晰地回憶起當時心裡一種……麻麻癢癢的焦慮。直到現在竟然還能感受到這種感情，那豈不是表示自己根本沒有成長嗎？他有點錯愕。那時的他無知、傲慢又殘酷——不，就算是這樣——他睜開眼睛思考著，至少現在，有個人讓自己很明確地覺得，她很重要。

自己大概是喜歡水野的吧？他想。

下次見面時就向她表明心意！下定決心後，他回復了簡訊。將把自己的感情明白地傳達給水野吧！就像最後那天澄田所做的那樣。

那天，在島上的機場。

彼此穿著對方不常見到的便服打扮，澄田的頭髮連同電線和鳳凰樹葉一起在風中飄動。她流著眼淚，微笑對他說。

我一直都喜歡遠野。謝謝你一直陪著我。

4

就職的第三年，他所屬的小組在工作上出現了一個轉機。

那是他進入公司前一直持續的一個專案，由於產生某個瓶頸，拖了太長的時間，公司決定將這個專案的目標大幅縮減後儘快結案，也就是說，這個專案以失敗收尾。內容是對複雜而冗長的程式群進行整理，篩選出能使用的部分，將虧損降到最低。而將他職務調動的事業部長賦予他這個任務。簡單說，正是因為有能力，所以才會把這種麻煩事交給他處理。

一開始他完全按照組長的命令工作，但很快他就發現，按照現有的方法只會讓不必要的副程式越積越多，反而使情況惡化。他向組長報告，但組長不予理會，於是接下來的一個月，他只得無奈地看著手上的工作越來越繁重。

在這一個月裡，他一邊按照組長的命令執行，一邊試著用自己認為的最佳方式處理同個一工作。結果很明顯，如果不按照他的方法做就無法收尾，然而當他以此向組長請示時，換來的卻是一頓臭罵，還有不可以再自作主張的警告。

他疑惑地看了看小組的其他成員，卻發現其他人都按照組長的命令在執行，這樣一來實在無法完成目標。一開始就搞錯方向，根本不可能達到正確的目標，只會累積更多複雜的謬誤。而由於時間的關係，也不可能再從頭來過了，現在重要的是思考如何按照公司的意思完成工作。

猶豫到最後，他找當初將他調動職位的事業部長商談。聽完他的說明，部長最後還是以「站在組長的角度替組長想想，好好完成目標」結束談話。但他想，那根本是不可能的。

於是，這種無意義的工作持續了三個月。他非常明白組長希望能夠完成目標的迫切感，而正因為如此，他無法任憑情況日益惡化然後只管按上司所說的去做。他一邊不斷被組長訓斥，一邊堅持地進行自己的工作。事業部長對他行為的默許，算是他最大的支柱，然而他也因此為其他工作人員帶來更多混亂。他菸抽得越來越兇，酒也喝得越來越多。

某天，他實在忍不住向事業部長提出希望退出小組，除非能說服組長，若不行的話就離開公司。

隔一個禮拜，組長被調走了。新來的組長同時負責其他事務，由於任務繁重，所以對他有點冷淡，不過至少是個能對工作做出合理判斷的人。

總之，這下終於能往正確的方向前進了。雖然工作越來越忙，他在職場也越來越孤獨，但他還是拚命地工作。除此之外他什麼也做不了，能做的都已經做了。

因為這樣，他與水野理紗相處的時間反而比以前更多了，也變得珍貴起來。

每週會有一次到兩次，下班後就前往她家所在的西國分寺站。兩人約好九點半見面，有時他會買一小束花送她。公司附近的花店只營業到晚上八點，所以他總在七點左右先跑出去買花，再趕回公司工作到八點半，這樣的忙碌令他很愉快。下班後搭上擁擠的中央線，一邊小心翼翼地保護花束不被擠壞，一邊前往水野等待的車站。

有時週六晚上，他們會在對方的家裡過夜。大多數都是他住水野家裡，水野偶爾也會去他家。兩人家中各自放著兩支牙刷，她家裡準備了不少他的內褲，而他家也擺放一些料理器具和調味品。房間裡放了越來越多不是他閱讀的雜誌，這也讓他的心越來越溫暖。

晚餐都是水野做的。在等待飯菜做好的時刻，他總是在切菜聲和抽油煙機的風扇聲中，一邊聞著麵條或煎魚的香味，一邊用筆電繼續工作。每當這個時候，他總能帶著一種平靜的心情敲擊鍵盤。小小的房間裡充滿輕柔的烹調聲和鍵盤聲，那是他不曾有過的體驗，也是最讓他感到安心的時光。

關於水野，他擁有很多記憶。

比如吃飯，水野的動作總是很優雅。她能將鰆魚身上的骨頭挑得乾乾淨淨，切肉的動作一氣呵成；很熟練的用叉子和湯匙吃義大利麵，將食物完美地送進口中；還有她握著咖啡杯的櫻色指甲、臉頰上的濕氣、冰涼的手指、頭髮的香味、肌膚的甘甜、汗濕的手心、帶有菸草味的唇、有些落寞的呼吸。

住在她家時，關上燈躺在床上後，他總喜歡透過窗戶望著天空。一到冬天，星空就顯得特別漂亮。窗外應該冷得不得了吧？就連在房間裡呼出的氣都是白色的。不過她將頭枕在他裸肩上的重量，卻讓他感到無比溫暖。每當此時，窗外中央線列車行駛的聲音，就如同從一個遙遠國度傳來不知名的言語，在他耳邊迴響。他覺得自己正待在一個從來不曾待過的地方，而說不定這裡才是自己一直嚮往的地方。

至今所過的日子是多麼枯燥，自己又曾經多麼孤獨——在與水野交往的過程中，他明白了。

所以，和水野分手的時候，那種像是窺視無底深淵般的不安包圍了他。

三年來，他們付出彼此的感情，努力建立彼此的關係，然而兩人還是沒能走到最後。想到自己從今以後又得獨自踏上路途，他有一種沉重的疲憊感。

他想，其實沒發生什麼，並沒有什麼事件決定了兩人的分離。但即使如此，他還是自然地做出了決定。

＊　＊　＊

深夜，他一邊聽著窗外來往車輛的引擎聲，一邊在黑暗中睜開眼睛。他拚命思索，將幾乎被自己漠視的思緒強拉回來，希望自己能得到教訓，哪怕只有一點也好。

——但這也沒辦法。到頭來，沒有誰能夠和誰一輩子在一起。人就是這樣，必須習慣失去。

到目前為止，我都是這樣一路過來的。

＊　＊　＊

和水野分手沒多久，他就辭職了。

如果問他這兩件事到底有沒有關係？他自己也不太清楚。他想，也許沒有關係吧！是自己把工作上的壓力帶給水野，當然，水野也曾因為工作壓力而影響他。然而這種都不是表面上看得出來的，用言語也無法說清——這樣的形容不完全合適，但那時的他就像被看不見的薄膜覆蓋著。只是，那又怎麼樣呢？

不知道。

想起辭職前在職場上最後的兩年，他覺得自己簡直就像在一團迷霧裡，不知所以。

不知從什麼時候開始，季節與季節的區別開始變得模糊不清。今天發生的事有時會被當作是昨天的記憶，甚至有時他會認為這是自己明天的樣子。工作還是一如往常的忙碌，但不過都是一些沒什麼大不了的日常事務。手上有為了完成專案而指定的流程圖，必要的工作時間都能夠機械性透過所需勞力時間計算出來。就像在等速前進的車流中，只要按照交通標識的指引往前行駛就可以了，不需要轉方向盤或加速，什麼都不用思考就能完成，也沒有必要與任何人交談。

漸漸的，編寫程式和新技術，甚至電腦本身，這些工作對他而言都不再那樣光鮮亮麗了。不過他覺得這也無所謂。少年時期見到的那般耀眼的星空，不知不覺也成為平常到不能再平常的東西。

而另一方面，公司對他的評價越來越高，每次考核都會幫他加薪，獎金也比其他同期的同事高。因為他平常不需要花太多錢，而且也沒有時間去花錢，存摺上慢慢累積了一筆數目大到讓他吃驚的存款。

坐在寂靜的辦公室中，耳邊只有敲擊鍵盤的聲音。在等待執行工作命令的空檔，他啜飲一口變溫涼的咖啡，心想，真不可思議，存了這麼多錢，卻沒有什麼東西想買的。

他半開玩笑地把這話說給水野聽，她一開始笑了笑，但臉上很快就露出悲傷的神情。看到她的表情，他的心像是被掐緊一樣抽痛起來，然後莫名地覺得難過。

那是在一個初秋，涼風從窗戶吹進屋內。他坐在木質地板上，覺得很舒服。他身穿深藍色襯衫，沒打領帶，她穿著一件有個大口袋的長裙和深茶色毛衣。他透過毛衣看到她優美的胸部線條，越發覺得悲傷。

好久沒有在下班後到水野家了，他想。上次來的時候，天氣還熱得必須開空調……是啊，已經兩個月沒來了。雖然彼此都忙於工作而沒有時間見面，但還沒到完全沒辦法見面的程度。如果是在以前，恐怕反而會約得更頻繁吧！他們彼此都不再勉強自己了。

「貴樹，你想回到小時候嗎？」在聽完他對公司發的牢騷後，水野這樣問他。他思考了片刻。

「我覺得這問題根本沒意義。」

「沒意義？」

「嗯。每天為了生存就已經費盡心力了。」他邊笑邊回答，於是水野也笑著說「我也是」，同時將碟子裡的梨片送進嘴裡咬了一口，聲音清脆令人愉快。

「水野也是嗎？」

「嗯。學校問我們將來有什麼夢想的時候，我根本不知道該怎麼辦。所以決定在這家公司工作時我才鬆了口氣，因為這樣一來就不用再思考什麼將來的夢想了。」

嗯。他一邊表示同意，一邊伸手要拿水野削好的梨。

夢想。

無論何時，自己都在努力尋找自己的定位。現在也是，他仍然覺得自己不能適應自己，覺得自己並沒有去追逐什麼。這與什麼「真正的自己」之類的無關，他想，自己還只是在路上而已。但是，自己又何去何從呢？

水野的手機響了。抱歉。她說完後拿著手機向走廊走去。他看著她的背影，往嘴裡塞了根菸，用打火機點上火。他能聽見從走廊傳來的輕快笑語。忽然，自己也不知道為什麼，他對那位素未謀面的來電者產生強烈的嫉妒，腦中浮現一名陌生男子撫摸水野毛衣下的雪白肌膚的景象。瞬間，他開始強烈地憎恨起那個男人和水野。

那通電話大概只講了五分鐘，但是當水野掛掉電話後對他解釋「是公司的後輩」時，他還是莫名覺得自己被輕視了。那不是她的錯。他一邊含糊地回應自己，一邊彷彿要壓抑情感似的把菸用力捻熄。這算怎麼回事？他有點驚訝地想著。

第二天一早，他們坐在餐桌邊，開始久違的兩人早餐。

他看了看窗外，天空中滿是灰色的雲，這個早晨有點冷。像這樣兩人周日一起共進早餐，對他而言是象徵性的重要事件。假日什麼事都不用做，有充份的時間可以任意度過，這簡直就像他未來的人生。

水野做的早餐還是那麼美味，這樣的時間依舊是那麼幸福。本來應該是這樣的。

看著水野將煎蛋放在切片吐司上，然後送入口中的樣子，突然間他有種感覺，這很可能是兩人在一起的最後一頓早餐了。沒有任何理由，但這想法卻出現了。其實他並不希望這樣，他希望在下週，甚至以後，都能和她一起吃早餐。

然而，那是他們最後一次一起吃早餐。

* * *

在確定離目標完成還有三個月時間的時候，他下定決心提出辭呈。

做出決定後，他才察覺到其實自己很久以前就在考慮辭職的事了。結束手上的專案，之後一個月做交接和整理。希望能在明年二月前離職，他這樣對組長說。組長帶著些許同情的口吻回答：「你去和事業部長談一下吧。」

事業部長在得知他的意向之後，努力挽留他。「如果對待遇不滿意，我們可以適當調整一下。最重要的是都走到這一步了，沒必要辭職啊！好不容易挨到現在了！這次的專案雖然很困難，但結束之後公司對你的評價會更高，你的職務內容也會比現在更有趣……」等等。

或許吧！但這是我的人生。他心裡默默想著。

對於待遇沒有任何不滿——他這樣回答。而且，現在的工作並不算辛苦。他沒有騙人，他只是想辭職而已。但就算他說出這些話，事業部長依然不肯點頭。這也難怪，他想，畢竟他對自己都不能做出很好的解釋。

儘管如此，在經歷了一場的拉鋸戰之後，他還是確定一月底離職。

秋意漸濃，空氣也一天天變得更加清澈寒冷。他仍然埋首於最後的工作。由於明確定出目標完成日，他比以前更加忙碌，就連假日也幾乎都在工作。他待在家裡的時間越來越少，一回家就倒頭大睡。不過他還是睡眠不足，身體總是覺得無力，很容易上火，每天早上擠電車時都會有強烈的噁心感。但他不必去思考其他事情，每天這樣過日子，甚至讓他覺得很安心。

原本以為遞了辭呈之後在公司的處境會比較尷尬，但事實上卻剛好相反——組長雖然不善言辭，但還是向他表達了謝意，事業部長也為他擔心未來找工作的問題，甚至還表示願意幫忙推薦。對此他則是回答想先休息一陣子，便禮貌地婉拒了。

在為關東送來冷空氣的一場颱風過後，他收起西裝換上冬衣。一個寒冷的早晨，他穿上剛從衣櫃取出，還留有樟腦味的外套，圍上水野送給他的圍巾，將冬天裹在自己身上。沒有人會提及此事，他也不覺得這是痛苦。

當時，他與水野有時——每週一到兩次——用簡訊聯繫。等待水野回覆簡訊的時間彷彿是一片真空。他想，或許是因為她很忙吧！其實兩人在這方面都差不多。想一想，從上次一起吃早餐到現在，已經有三個月沒見到她了。

他結束了一天的工作，搭上中央線末班電車，無力地坐在座位上，像平常一樣深深地嘆了口氣。深深地。

東京的深夜電車很空，空氣中總是漂浮些微酒精與疲勞的氣味。他聽著耳邊熟悉的電車行駛聲，眺望從中野街逐漸接近的高樓燈光。忽然，他有一種從高空俯瞰自己的感覺。匍匐在地表的細小光線配上如同墓碑一樣的巨大高樓，這般景色讓他頓時神遊幻想。

風很大，遙遠地表上的街燈像星星一樣正眨著眼。而我是這細小光芒中的一份子，在這巨大的星球表面緩緩移動。

電車到達新宿站時他走下車，回頭往自己剛才的座位望去。他覺得那個身穿西裝滿臉疲憊的自己彷彿還坐在那裡，這種感覺一直揮散不去。

他覺得到現在自己都還沒習慣東京，無論是車站長椅、成排的自動驗票機，或是外地人聚集的地下通道。

＊　＊　＊

十二月的某天，持續將近兩年的目標終於完成了。

結束之後，他並沒有特別的感慨，只覺得現在比昨天更加疲勞。喝了杯咖啡稍事休息後，他開始準備離職工作。那天他回家時，搭的仍然是末班電車。

在新宿站下車，穿過自動驗票機，來到西口的地下計程車招呼站。看到排隊的長龍時他才想起，這是週五的夜晚啊！而且還是聖誕節前夕。這是他從隊伍中的情侶和單身漢們的口中聽到的。於是他決定不搭計程車，用走的回去。他走過通往西新宿的地下通道，來到滿是高樓的大街。

這種地方在深夜裡總是很安靜。他沿著大樓向前走，這是從新宿步行回家時必經的路線。忽然，外套口袋裡的手機震動起來。他站定，深呼吸，然後取出手機。

是水野打來的。

他沒有接電話。為什麼呢?為什麼不想接?他只覺得心裡很難受,但卻不知道為什麼會難受。他什麼都做不了,手機小小的螢幕上顯示的「水野理紗」這個名字,讓他不知該做些什麼。手機震動了幾次之後,接著就精疲力竭似的沉默了。

心裡有股什麼熱熱的東西迅速湧了上來。他抬起頭。

高樓彷彿將消失在天空中一般,大半的視野被黑色的牆壁佔據。牆上零星亮著幾處燈光,更高點是像呼吸般閃爍著的紅色航空警示燈。

再往上,是沒有星星的都市夜空。然後,他看見無數片小小的碎片,從空中緩緩灑落。

——是雪。

哪怕一句話也好,他想。

哪怕只有一句話,也是我真正需要的。我所需要的只有那一句話而已,但為什麼誰都不對我說呢?他知道這種期望非常自私任性,但卻無法壓抑這種想法的產生。久違的雪花彷彿打開他心中那扇緊閉已久的大門。而一旦碰觸，他才發現那才是到現在為止他最想要的東西。

很久以前的某天，那個女孩曾經對他說。

貴樹，今後一定也沒問題的！

5

篠原明里在整理東西準備搬家的時候，發現這封過去的信。

它被放在壁櫥深處的紙箱裡。紙箱蓋上蓋子，蓋子用透明膠帶黏住，膠帶上寫著「以前的東西」（當然是很多年前她自己寫的），這引起了她的興趣。於是她打開紙箱。裡面放著從小學到中學各種雜七雜八的東西。畢業文集、畢業旅行的書籤、幾本小學生的月刊、不記得錄了些什麼的錄音帶、小學用的褪了色的紅書包，以及中學時背過的皮革書包。

她一邊將這些充滿回憶的東西拿在手上端詳，一邊有了一種預感。說不定能找到那封信呢！在發現被壓在紙箱底部的空餅乾罐時，她回憶起來。對啊！中學畢業典禮當晚我把信放在那個罐子裡了。那封信她一直沒能送出去，拿在手裡走了很長一段的時間。畢業那天，像是要拋棄這些思念一般，她把信放進罐子裡。

打開蓋子，那封信被夾在她中學時最為珍視的筆記本裡。那是她寫的第一封情書。

十五年前，和自己喜歡的那個男孩第一次約會時，她原本打算把這封信交給他的。

那是一個下雪的寂靜夜晚，她回想著。那時候我才十三歲，我喜歡的男孩住在離我家三個小時電車車程的地方。那天他跟我約好坐電車來看我，可是因為下雪，電車誤點了，最後他遲到了四個多小時。在等他的時候，我在木造的小站候車室裡，坐在暖爐前寫下這封信。

把信拿在手中，當時那種不安和寂寞感又回來了。她再次發覺到自己對那男孩的嚮往以及想見他的心情，讓她無法相信這段感情竟然是十五年前的事，卻好像是她現在的心情一般如此鮮活。回憶，甚至令她感到遲疑。

我當時是真心喜歡他呢！她想。我們在第一次約會時交換了初吻，我甚至感覺整個世界彷彿在接吻後發生了改變。所以，我才沒能把信交給他。這一切簡直就像昨天才發生似的——真的就像昨天才發生一樣——她這樣回憶道。左手無名指上戴著鑲有小寶石的戒指，代表時間已經過去十五年了。

晚上，她夢見了那天。年紀還小的她和他，在一個雪花紛飛的寂靜夜晚，站在櫻花樹下仰望緩緩飄落的雪片。

＊　＊　＊

第二天，岩舟站下起雪來，不過雲層很薄，甚至能看到藍天，讓人覺得這場雪沒過多久就會停下。儘管如此，十二月的雪也已經好久沒見過了。像當時那樣的大雪，這些年都不曾再出現過。

怎麼不住到過年呢？母親問。她回答，因為還有很多事情得去準備。

「對了，也給他做點好吃的。」父親這樣說道。她回答，嗯。她想，父親和母親都不再年輕了呢！不過這也是當然的，他們都快退休了，而且自己也到了該結婚的年齡。

她和父母一起站在月臺上等前往小山的電車。她覺得三個人一起待在車站好像總有點怪怪的，自從搬到這裡之後這好像還是頭一次呢！

那一天，從來自東京的電車上走到這個月臺時，她和母親兩人的不安，讓她到現在仍記憶猶新。提早到的父親在月臺迎接她們。岩舟是父親的老家，她幼年時也來過幾次。她覺得這裡雖然沒什麼有趣的東西，卻是個安靜的好地方。不過，要住在這裡的話可又是另外一回事了。她出生在宇都宮，在靜岡長大，小學四年級到六年級則是在東京度過的。對這樣的她而言，岩舟站的小小月臺讓她十分害怕，她覺得這裡不是該待的地方。心中湧起對東京的強烈鄉愁，甚至讓她有股想哭的衝動。

「有事要打電話回來啊！」從昨晚開始母親就不停重複這句話。忽然，她覺得父母和這座小城市都變得可愛起來。現在，這裡變成她不願離開的故鄉。

她溫和地笑著，回答道。

「沒事的，下個月就要舉行婚禮，到時候又能見面了，所以不必擔心。太冷了，快回去吧！」

話才說完，漸漸駛來的兩毛線列車的警笛在遠處響起。

黃昏時分的兩毛線很空，車廂裡只有她一個人。她無法集中精神閱讀隨身攜帶的小說，於是拖腮撐著臉頰，眺望窗外景象。

窗外一片收割稻子後空空蕩蕩的田野，她開始想像眼前的這片風景被厚厚的大雪覆蓋的樣子——半夜，從遠處只能看到零星的燈光——若是那樣，窗框上一定會結霜吧！

——那風景還是讓人感到心寒，她想。餓著肚子還有讓別人等待的罪惡感，在不得不停止前行的電車裡，在那個人眼中的風景又是什麼樣子呢？

……或許。

或許，當時他會祈禱我回家去吧？因為他是那麼溫柔的一個男孩。不管要我等他幾個小時都無所謂，我想見他想到不能自己，從來沒有懷疑他是不是可能會來不了。如果那天能安慰被耽誤在電車裡的他的話——她有了如此強烈的想法——如果當時可以的話。

沒關係，你的戀人會一直等你。

那女孩知道，你一定會去見她，所以放鬆點，想像你和戀人一起度過的快樂時光吧！雖然你們以後再也無法見面了，但還是請你將那段奇蹟般的時光，認真地、好好地收藏在你的內心深處。

想到這裡，她忽然笑了起來——我在想些什麼呢！從昨天開始就一直在想著那個男孩的事。

她想，或許是因為昨天找到的那封信。結婚前夕滿腦子想的都是其他男人，這有點不忠吧。不過，將成為自己丈夫的他一定不會在意這些的，她想。由於他要從高崎轉職到東京，所以兩人決定結婚。要說有什麼可抱怨的話，那種小事三天都說不完，但我非常愛他，他應該也一樣愛我吧！對於那個男孩的回憶，也是我重要的一部分，就像吃下的東西化作血肉，已經無法割捨了。

希望貴樹一切都好。看著窗外流動的景色，明里祈禱著。

6

只是過著生活，悲傷的事物就會逐漸累積。

按下電燈開關，環顧一下被日光燈照亮的房間，遠野貴樹思考著，像是在不知不覺中堆積的塵埃，不知道什麼時候這房間已經堆滿了這樣的感情。

比如，浴室裡孤孤單單的牙刷；比如，曾經為了某個人而晾乾的白襯衫；比如，手機的通話紀錄。

和往常一樣，搭乘末班車回到家裡，扯下領帶把衣服掛在衣架上之後，他開始思考這個問題。

但若要這麼說的話，水野其實更痛苦。從冰箱取出罐裝啤酒的時候他這樣想。因為水野到這裡來的次數比他去水野那裡還多。他覺得自己對她非常抱歉，他並不想這樣的。流入胃中的冰啤酒，讓已經在室外凍得夠久的他更添增一股寒意。

一月底。

最後一個上班日，他還是像往常一樣穿著同樣的外套到公司，坐在已經坐了五年的辦公桌前打開電腦電源，在系統啟動的空檔一邊喝咖啡一邊確認當天的工作。雖然工作已經移交完成，但他還是接了一些其他小組的工作，盡所能做到離職那天為止。很諷刺的是，他這樣的作為居然為他帶來了幾個能被稱作「朋友」的人。大家都為他的辭職感到惋惜，打算當晚設宴歡送他，但他還是禮貌地婉拒了。「難得有這個機會，可是很抱歉，我想和平時一樣工作。明天起我會休息一段時間，有機會再聚吧！」他這樣回答。

傍晚，那位前組長來到他的座位旁，看著地面喃喃說道「抱歉了」。他有點驚訝地回答說「這沒什麼」。這是一年前那位組長調到其他小組後，兩個人第一次說話。

他一邊敲著鍵盤一邊想道，以後不會再到這裡來了。這種感覺真是不可思議。

「我到現在還是很喜歡你。」這是水野發來的最後一封簡訊。

「我想從今以後我還是會一樣喜歡你。貴樹對我而言仍然是個溫柔而出色，令人仰慕的人。」

「我在與貴樹交往之後才明白，人的內心原來這麼容易受另一個人支配。我覺得自己在這三年裡，每天都比前一天更喜歡貴樹，貴樹的每一句話、每一則簡訊都會讓我或喜或悲。我曾經為一些很無聊的事情嫉妒，這給貴樹帶來很多麻煩吧？但是，雖然這樣說有點自私，但這些事已經讓我覺得很累了。」

「我從半年前就開始試著用各種方式將這樣的想法傳達給貴樹，但卻總是無法表達清楚。」

「我想，貴樹一定和平時說的一樣，是喜歡我的。但我們喜歡某個人的方

式，好像還是有點差距吧！這一點點差距，卻讓我覺得有點痛苦。」

最後一天上班，仍然在深夜才回到家。

那天特別冷，車窗很快就變得白濛濛一片。他凝視著窗外的高樓燈光，心裡沒有所謂的解放感，也沒有要趕快找下一份工作的焦慮。他不知道自己該思索些什麼。最近的我什麼都不明白啊！他苦笑道。

走下電車，穿過平時常走的地下通道，來到西新宿大樓街。夜晚的空氣冰冷刺骨，圍巾和外套幾乎一點用處都沒有。少了燈光的大樓看上去就像早已滅絕的巨大遠古生物。

他一邊在巨大的生物間穿梭。

——我是多麼愚蠢而自私啊！

一邊這樣想著。

這十年來，他曾毫無理由的傷害了許多人。在欺騙自己說這是無可奈何的同時，渾渾噩噩地活到現在。

為什麼不能更認真地為別人著想？為什麼就不能選擇用另一種方式去表達自己的想法呢？一邊走著，那些連他自己都幾乎忘卻的悔恨也慢慢浮現在腦海裡。

他無法阻止。

「有點痛苦」，水野說。有點，這不可能。「抱歉了」，他說。「真浪費」，那個聲音說。「我們不能在一起了嗎」，補習班的女孩問。「不要那麼溫柔」，澄田說。「謝謝」，她最後的話語。「對不起」，電話中另一端的囁嚅聲。還有——「你一定沒問題的」，這是明里的聲音。

如同深海般沉寂的無聲世界中，這些話語突然浮現，充塞他的腦海。同時還夾雜著各種聲音：大樓間寒風的呼嘯聲、街上機車和卡車的行駛聲，這些聲音在某處交織並堆積著，最後混合成都市的低鳴。他驀然發現，世界原來充滿了聲音。

接著，他聽到激烈的嗚咽聲——那是他自己的聲音。

這是自十五年前在車站月臺那次流淚以來，他第一次哭泣。淚水無法控制地流下，彷彿深藏在體內的巨大冰塊融化一般，他不停地哭著，不知該怎麼辦。他思考起來。

哪怕一個人也好，為什麼我不能讓別人更幸福一點呢？

他抬頭望向高達兩百公尺的大樓牆面。遙遠的頂端，閃爍的紅光滲透了視野。不可能這麼輕易得到救贖的，他想。

7

那天晚上，她輕輕打開那封剛找到的舊信箋信封。

她抽出信紙，上面的字跡就像昨天才寫上去一樣。自己的筆跡到現在還是沒怎麼變啊！

她讀了一些，又小心地將信裝進信封。等過幾年之後再去讀吧，她想道。現在還太早了。

再過幾年。小心收藏起來吧！她想。

* * *

貴樹啟

你好嗎？

今天居然會下這麼大的雪，約定要見面的時候還真是沒想到呢！看來電車也會誤點，所以我決定在等貴樹的這段時間寫下這封信。

因為前面有暖爐，所以這裡很暖和，而且為了能隨時寫信，我的書包裡一直放著信紙。我想待會把這封信交給貴樹，如果你提早到的話我就寫不了了。所以請不用著急，慢慢過來就是了。

我們很久沒見面了吧？有十一個月了。所以，其實我有點緊張。我甚至在想，要是見了面卻沒認出對方該怎麼辦？但這裡和東京相比只是個小站，不可能見了面認不得的。但不管是穿著學校制服的貴樹還是參加足球社的貴樹，我都想像不出是什麼樣子，感覺像是個陌生人。

欸，寫些什麼好呢？

嗯，對了，首先我得向你道謝。我要寫下直到現在都沒能好好傳達的心情。

我小學四年級轉學到東京的時候，覺得有貴樹在真是太好了。你能成為我的朋友我真高興。要是沒有貴樹，學校對我來說一定是個非常難熬的地方吧！

所以我在即將轉學離開貴樹的時候，其實真的一點都不想走。我想和貴樹上同一所中學，一起長大，那是我一直以來的願望。現在我總算適應了這裡的中學（所以請不用擔心），但就算是這樣。「要是有貴樹在該多好啊」這種想法，一天都沒有變過。

而貴樹即將搬家到更遠的地方去，這讓我非常難過。本來我還覺得，雖然東京離櫪木很遠，但「我總還有機會見到貴樹」，因為只要搭電車就能見到你了，可是這次你卻要搬到九州的另一邊，實在太遠了。

從今以後我必須得好好振作起來。雖然我還沒有自信是不是能做得到，但是我必須這樣做。我和貴樹都是，對吧？

另外，還有句話我不得不說，這話是我打算今天親口對你說的，但為了怕萬一沒能說出口，所以才寫了這封信。

我喜歡貴樹。我不記得是什麼時候喜歡上的，只是很自然，不知不覺就喜歡上你。從第一次見面開始，我就知道貴樹是個堅強而溫柔的男孩。貴樹一直都在保護著我。

貴樹，你一定沒問題的。不管發生什麼，貴樹都一定會成為一個出色而溫柔的男人。不管貴樹將來會走得多遠，我一定都會繼續喜歡你。

無論如何，請你記住我的話。

那天晚上，他做了個夢。

在因為搬家而堆滿紙箱的世田谷房子裡，他在寫信。他本來打算將那封信在第一次約會時交給自己喜歡的女孩，但那封信卻被風吹走了，最後沒能送到那女孩手中。夢中的他知道這件事。

不過，我還是得寫這封信，他想。哪怕這封信沒有人去看，他還是必須寫這封信，他明白。

他攤開信紙，在最後一頁寫下文字。

＊　＊　＊

＊　＊　＊

「長大」指的是什麼，我還不明白。

但我希望能成為一個就算很久以後在某處偶然遇見明里，也能坦然面對的大人。

我想和明里約定。

我會一直喜歡明里。

無論如何請保重。

再見。

8

四月，東京街頭被櫻花點綴得燦爛奪目。

因為一直工作到凌晨，醒來時已經接近中午了。打開窗簾，陽光直射屋內。春霞中高樓的每一扇窗戶，都在陽光照射下閃耀著愉悅的光芒。每棟公寓的間隔處隨處可見盛開的櫻花。他再次發現到東京的櫻花真多。

從公司離職後過了三個月，他上周開始重新工作。拜託前公司之後，他接下一份從設計到程式全部一手包辦的工作。以後能不能成為一名自由程式設計師，他還不太清楚，但覺得現在是時候做些什麼事了。很久沒編寫程式，這項工作變得格外有趣，十指敲打鍵盤的感覺也讓他興奮不已。

一邊咀嚼塗上薄薄牛油的吐司，一邊喝著牛奶量十足的咖啡牛奶，這就是他的早餐。幾天以來一直埋首於工作，今天就放自己一個假吧！他邊洗餐具邊做出決定。

披上夾克走出房門，在街上漫無目的地閒逛。這是個風和日麗的好天氣，空氣中瀰漫著午后的氣息。

離職後，他才想起一座城市在不同的時間是會散發出不同氣息的，這個念頭已經好幾年不曾出現過了。早上令人充滿幹勁的氣息，只屬於早晨；傍晚則有溫柔包容了一天最後時段，只屬於傍晚的氣息；星空有星空的氣息、陰天有陰天的氣息。真是忘掉不少東西啊！他想。

他漫步在狹長的住宅街道上，因為口渴，便在一旁的自動販賣機買了一罐咖啡，走到公園裡。他平靜地注視著小學生們從學校跑出來，穿過他身邊的背影，望著人行道上急駛的車輛。透過住宅和公寓，隱約看見新宿高樓群的身影。它們身後是一片湛藍清透得彷彿要溶化的天空，上面有幾片白雲飄過。

他走過鐵道。鐵道邊有一棵高大的櫻花樹，周圍的柏油地面被飄落的花瓣染得一片雪白。

他看著徐徐飛舞下來的花瓣。

秒速五公分。

腦中突然浮現起這句話。伴隨著鐵道警示音鳴起，在春天氣息中有種令人懷念的感覺，迴盪在空氣中。

前面走來了一位女性。她白色的涼鞋踩踏在混凝土地面，發出清脆的聲響，但這聲音立刻被淹沒在警報聲中。兩人就這樣在鐵道上擦肩而過。

那一瞬間，他的心裡忽然亮起了一絲微弱的光。

他向前走著，如果現在回頭的話——那個人一定也會回頭。他有這種強烈的感覺。沒有根據，卻充滿了自信。

於是，在通過鐵道時，他緩緩轉身看著那位女性，她也慢慢地轉身過來，兩人目光交錯。

就在心與記憶即將沸騰的瞬間，小田急線的特快列車擋住了兩人的視線。

電車通過之後，他想，她應該還站在那裡吧！

——在不在都無所謂。如果她就是那個人的話，這已經算是奇蹟了。他這麼想著。

等這班列電車通過之後就向前走，他在心中暗自下了決定。

後記

本書《小說・秒速5公分》是以我所導演的動畫《秒速5公分》為原作改編的，也就是說我為自己的動畫編寫了小說。為了能讓沒有看過動畫的讀者也能盡興，我也特別用心，所以沒看過原作動畫的各位也請放心閱讀吧……話雖這麼說，小說和電影有著互相補完的部分，也有著與電影意欲傳達之處不太一樣的部分，所以如果各位能在看完電影後再看小說，或是看完小說後再看看電影的話，我想能得到更多的樂趣。

電影《秒速5公分》於二〇〇七年三月在涉谷Cinema Rise首次公映，與我開始寫這部小說幾乎是在同一時期。之後大約四個月內，我除了在全國各地的電影院給大家見面以外，就是在房裡寫小說。當時小說每個月會刊登在

《達・文西》雜誌上，所以電影院中我能同時聽到觀眾們對電影和小說的感想，那時真的非常快樂。

電影與文章的表現形式不同。一般來說用畫面（和音樂）表現是比較方便，但有時候也會覺得，畫面這東西根本不需要。撰寫這本小說，我得到了一種相當刺激的體驗。以後我還會繼續製作動畫，不足的方面再用文字來補充，或者反過來，將所寫的文章製作成動畫等等，或許會這樣進行吧。

閱讀了本書的讀者，真的非常感謝你們。

二〇〇七年八月　新海誠

嬉文化
小說・秒速5公分
（原名：小説・秒速5センチメートル）
作者／新海誠
封面設計／木庭貴信（オクターヴ）
譯者／黃彥彰
執行長／陳君平
榮譽發行人／黃鎮隆
協理／洪琇菁
國際版權／高子甯、賴瑜鈴
執行編輯／石書豪
美術主編／陳聖義
發行／英屬蓋曼群島商家庭傳媒股份有限公司城邦分公司　尖端出版
臺北市南港區昆陽街十六號八樓
電話：（〇二）二五〇〇－七六〇〇（代表號）
傳真：（〇二）二五〇〇－一九七九
中彰投以北經銷（含宜花東）／楨彥有限公司
電話：（〇二）八九一九－三三六九
傳真：（〇二）八九一四－五五二四
雲嘉經銷／威信圖書有限公司　嘉義公司
電話：（〇五）二三三－三八五二
傳真：（〇五）二三三－三八六三
南部經銷／威信圖書有限公司　高雄公司
電話：（〇七）三七三－〇〇七九
傳真：（〇七）三七三－〇〇八七
香港總經銷／城邦（香港）出版集團有限公司
香港灣仔駱克道193號東超商業中心1樓
電話：（八五二）二五〇八－六二三一
傳真：（八五二）二五七八－九三三七
E-mail：hkcite@biznetvigator.com
馬新經銷／城邦（馬新）出版集團　Cite(M)Sdn.Bhd.
E-mail：Cite@cite.com.my
法律顧問／王子文律師　元禾法律事務所
台北市羅斯福路三段三十七號十五樓
二〇二一年六月二版一刷
二〇二四年九月二版五刷

版權所有・翻印必究
■本書若有破損、缺頁請寄回當地出版社更換■

5 Centimeters Per Second
© Makoto Shinkai / CoMix Wave Films 2007
First published in Japan in 2007 by KADOKAWA CORPORATION, Tokyo.
Complex Chinese translation rights arranged with
KADOKAWA CORPORATION.

■中文版■

郵購注意事項：
1. 填妥劃撥單資料：帳號：50003021戶名：英屬蓋曼群島商家庭傳媒（股）公司城邦分公司。2. 通信欄內註明訂購書名與冊數。3. 劃撥金額低於500元，請加附掛號郵資50元。如劃撥日起 10～14日，仍未收到書時，請洽劃撥組。劃撥專線TEL：(03) 312-4212 ・ FAX：(03) 322-4621。E-mail：marketing@spp.com.tw

國家圖書館出版品預行編目資料

小說・秒速5公分 /
新海誠著 ； 霖之助 譯. --1版.
--臺北市：尖端出版, 2021.06 面 ; 公分. --(嬉文化)
譯自:小説 秒速5センチメートル
ISBN 978-626-306-868-1(平裝)

861.57　　　　110006699